商市街

悄吟

歐羅巴旅館

樓梯是那樣長，好像讓我順着一條小道爬上天頂。其實只是三層樓，也實在無力了，手扶着樓欄努力拔着兩條顫顫地，不屬於我似的腿升上幾步；手也開始和腿一般顫。

等我走進那個房間的時候，和受辱的孩子似的偎上床去，用袖口慢慢擦着臉。他——郎華，我的情人，那時候他還是我的情人，他問我了：

『你哭了嗎？』

『爲什麼哭呢？我擦的是汗呀，不是眼淚呀！』

不知是幾分鐘過後，我才發現這個房間是如此的白，棚頂是斜坡的棚頂，除了一張床，地下有一張桌子，一圍籐椅。離開床沿用不到兩步可以摸到桌子和椅子。開門時，那更方便，一張門扇躺在床上可以打開。住在這白色的小室，好像把我住在幔帳中一般。我口渴，我說：

『我應該喝一點水吧！』

他要爲我倒水時，他非常着慌，兩條眉毛好像要連接起來，在鼻子的上端扭動了好幾下：

『怎樣喝呢？用什麼喝？』

桌子上除了一塊潔白的桌布，乾淨得連灰塵都不存在。

我有點昏迷，躺在床上聽他和茶房在過道說了些時，又聽到門響，他來到床邊，我想他一定舉着杯子在床邊，却不，他的手兩面却分張着：

『用什麼喝？可以吧？用臉盆來喝吧！』

他去拿藤椅上放着才帶來的臉盆時，手巾下面刷牙缸被他發現，於是拿着刷牙缸走去。

旅館的過道是那樣寂靜，我聽他踏着地板來了。

正在喝着水，一隻手指抵在白床單上，我用發顫的手指撫來撫去。他說：

『你躺下吧！太累了。』

我躺下也是用手指撫來撫去，床單有突起的花紋，並且白得有些閃我的眼睛，心想：不錯的，自己正是沒有床單。我心想的話他却說出了！

『我想我們是要睡空床板的，現在連枕頭都有。』

說着他拍打我枕在頭下的枕頭。

『咯咯——』有人打門，進來一個高大的俄國女茶房，身後又進來一個中國茶房：

『也租鋪蓋嗎？』

『租的。』

『五角錢一天。』

『不租。』『不租。』我也說不租，郎華也說不租。

那女人動手去收拾軟枕，床單，就連桌布她也從桌子扯下去。床單挾在她的腋下。一切挾在她的腋下。一秒鐘，這潔白的小室跟隨她花色的包頭巾一同消失去。

我雖然是腿顫，雖然肚子餓得那樣空，我也要站起來，打開柳條箱去拿自己的被子。

小室被劫了一樣，床上一張腫漲的草褥赤現在那裏，破木桌一些黑點和白圈顯露出來，大藤椅也好像跟着變了顏色。

晚飯以前，我們就在草褥上吻着抱着過的。

晚飯就在桌子上擺着，黑「列巴」㊀和白鹽。

晚飯以後事件就開始了：

開門進來三四個人，黑衣裳，掛着槍，掛着刀，進來先拿住郎華的兩臂，他正赤着

㊀俄語麵包

胸膛在洗臉，兩手還是濕着。他們那些人，把箱子弄開，翻揚了一陣：

『旅館報告你帶槍，沒帶嗎？』那個掛刀的人問。隨後那人在床下扒得了一個長紙捲，裏面捲的是一支劍。他打開，抖着劍柄的紅纓頭：

『你那裏來的這個？』

停在門口那個去報告的俄國管事，揮着手，急得漲紅了臉。

警察要帶郎華到局子裏去，他也預備跟他們去，嘴裏不住說：『為什麼單獨用這種方式檢查我？防害我？』

最後警察溫和下來，他的兩臂被放開，可是他忘記了穿衣裳，他濕水的手也乾了。

原因日間那白俄來取房錢，一日兩元，一月六十元。我們只有五元錢，馬車錢來時去掉五角。那白俄說：

『你的房錢，給！』他好像知道我們沒有錢似的，他好像是很着忙，怕是我們跑走一樣。他拿到手中兩元票子又說：『六十元一月，明天給！』原來包租一月三十元，爲了淞花江漲水才有這樣的房價。如此他搖手瞪眼的說：『你的明天搬走，你的明天走！』

郎華說：『不走，不走——』

『不走不行，我是經理——』

郎華從床下取出劍來，指着白俄：

『你快給我走開，不然，我宰了你。』

他慌張着跑出去了，去報告警察所，說我們帶着兇器，其實劍裹在紙裹，那人以爲是大槍，而不知是一支劍。

結果警察帶劍走了，他說：『日本憲兵若是發見你有劍，那你非吃虧不可，了不得的，說你是大刀會，我替你記存一夜，明天你來取。』

警察走了以後，閉了燈，鎖上門，街燈的光亮從小窗口跑下來，悽悽淡淡的，我們睡了。在睡中不住想：警察是中國人，倒比日本憲兵强得多啊！

天明了，是第二天，從朋友處被逐出來是第二天了。

雪天

我直直是睡了一個整天，這使我不能再睡。小屋子漸漸從灰色變做黑色。

睡得背很痛，肩也很痛，並且也餓了。我下床開了燈，在床沿坐了坐，到椅子間坐了坐，扒一扒頭髮，揉擦兩下眼睛，心中感到幽長和無底，好像把我放下一個煤洞去，並且沒有燈籠，使我一個人走沉下去。屋子雖然小，在我覺得和一個荒涼的廣場樣，屋子的墻壁隔離着我比天還遠，那是說一切不和我發生關係；那是說我的肚子太空了！

一切街車街聲在小窗外鬧着。可是三層樓的過道非常寂靜。每走過一個人，我留意他的腳步聲，那是非常響亮的，硬底皮鞋踏過去，女人的高跟鞋更響亮而且焦急，有時成羣的響聲，男男女女穿踏着過道一陣。我聽遍了過道上一切引誘我的聲音，可是不用開門看，我知道郎華還沒回來。

小窗那樣高，囚犯住的屋子一般，我仰起頭來，看見那一些紛飛的雪花從天空忙亂的跌落，有的也打在玻璃窗片上，即刻就消融了！變成水珠滾動爬行着，玻璃窗被牠畫成沒有意義無組織的條紋。

我想：雪花爲什麼要翩飛呢？多麼沒有意義！忽然我又想：我不也是和雪花一般沒有意義嗎？坐在椅子裏，兩手空着，什麼也不做；口張着，可是什麼也不吃。我十分和一架完全停止了的機器相像。

過道一響，我的心就非常跳，那該不是郎華的脚步？一種穿軟底鞋的聲音，擦擦來近門口，我彷彿是跳起來，我心害怕着：他凍得可憐了吧？他沒有帶回麵包來吧！

開門看時，茶房站在那裏：

『包夜飯嗎？』

『多少錢？』

『每份六角包月十五元。』

『……』我一點都不遲疑搖着頭，怕是他把飯送進來强迫叫我吃似的，怕他强迫向我要錢似的。茶房走出門又嚴肅的關起來。一切別的房中的笑聲，飯菜的香氣都斷絕了，就這樣用一道門，我與人間隔離着。

一直到郎華囘來他的膠皮底鞋擦在門限我才止住幻想。茶房手上的托盤，肉餅，炸黃的番薯，切成大片有彈力的麵包……

郎華的夾衣上那樣濕了，已濕的褲管拖着泥，鞋底通了孔，使得襪子也濕了。

他上床暖一暖脚伸在被子外面，我給他用一張破布擦着脚上冰涼的黑圈。

當他問我時，他和呆人一般直直的腰也不彎：

『餓了吧？』

我幾乎是哭了，我說：『不餓。』爲了低頭，我的臉幾乎接觸到他冰涼的脚掌。

他的衣服完全濕透，所以我到馬路旁去買饅頭。就在光身的木桌上，刷牙缸冒着氣，刷牙缸伴着我們把饅頭吃完。饅頭既然吃完，棹上的銅板也要被吃掉似的，他問我：

『夠不夠？』

我說：『夠了。』我問他：『夠不夠？』

他也說：『夠了。』

隔壁的手風琴唱起來，牠唱的是生活的痛苦嗎？手風琴凄凄涼涼地唱呀！

登上桌子，把小窗打開。這小窗是通過人間的孔道：樓頂，煙囱，飛着雪沉重而濃黑的天，路燈，警察，街車，小販，乞丐，一切顯現在這小孔道；煩煩忙忙的市街發着響。

隔壁的手風琴在我們耳裏不存在了。

他去追求職業

他是一匹受凍受餓的犬呀！

在樓梯盡端，在過道長筒的那邊，他着濕的帽子被墻角隔住，他着濕的鞋子踏過發光的地板，一個一個排着脚踵的印泥。

這還是清早，過道的光線還不充足。可是有的房間門上已經掛好「列巴圈」了！送牛奶的人，輕輕帶着白色的，發熱的瓶子，排在房間的門外。這非常引誘我，好像我已嗅到「列巴圈」的麥香，好像那成串肥胖的圓形的點心，已經掛在我的鼻頭上。幾天沒有飽食，我是怎樣的需要啊！胃口在胸膛裏面收縮，沒有錢買，讓那「列巴圈」們白白在虐待我。

過道漸漸響動起來，他們呼喚着茶房，關門開門，倒臉水。外國女人清早便高聲說笑。可是我的小室沒有光線，連灰塵都看不見飛揚，靜得桌子在墻角欲睡了，藤椅在地板上伴着桌子睡；靜得棚頂和天空一般高，一切離得我遠遠，一切都厭煩我。

下午郎華還不回來，我到過道口站了好幾次，外國女人紅色的裙子，藍色的裙子……一張張笑着的驕傲的紅嘴，走下樓梯，她們的高跟鞋打得樓梯淸脆發響。圓胖而生着大鬍子的男人那樣不相稱地捉着長耳環黑臉的和小鷄一般瘦小的「基卜塞」女人上樓來。茶房在前面去給打開一個房間。長時間以後又上來一羣外國孩子，他們嘴上剝着瓜子，多冰的鞋底在過道擗擗拍拍的留下痕跡過去了。

看遍了這一些人，總是郎華不回來，我開始打旋子，經過每個房間輕輕蕩來蕩去，別人已當我是個偷兒，或是討乞的老婆，但我自己並不感覺。仍是帶着我蒼白的臉，退了色的藍布寬大的單衫蹝蕩着。

忽然樓梯口跑上兩個一般高的外國姑娘。

『啊呀！』指點着向我說：『你的……眞好看！』

另一個樣子像是爲了我倒退了一步，並且那兩個不住翻着衣襟給我看：

『你的……眞好看！』

我沒有理她們。心想：她們帽子上有水滴，不是又落雪？

跑回房間看一看窗子究竟落雪不？郎華是穿着昨晚潮濕的衣裳走的。一開窗，雪花便滿窗倒傾下來。

郎華回來，他的帽沿滴着水，我接過來帽子問他：

『外面上凍了嗎？』

他把褲口擺給我看，我用手摸時，半段褲管又涼又硬。他抓住我在摸褲管的手說：

『小孩子。餓壞了吧！』

我說：『不餓。』我怎能說餓呢？爲了追求食物他的衣服都結冰了。

過一會，他拿出二十元票子給我看。忽然使我癡呆了一刻，這是那裏來的呢？

家庭教師

二十元票子使他作了家庭教師。

這是第一天他起得很早，並且臉上也像愉悅了些。我歡喜的跑到過道去倒臉水。心中埋藏不住這些愉快，使我一面摺着被子一面嘴裏任意唱着什麽歌的句子。而後坐到床沿，兩腿輕輕的跳動，單衫的衣角在腿下面抖蕩。我又跑出門外，看了幾次那個提籃賣麵包的人，我想他應該吃些點心吧，八點鐘他要去教書，天寒，衣單，又空着肚子，那是不行的。

但是還不見那提着膨脹的籃子的人來到過道。

郎華作了家庭教師，大概他自己想也應該吃了，當我下樓時，他就自己在買長形的大提籃已經擺在我們房間的門口。他彷彿一個大蠍虎樣，貪婪的，爲着他的食慾，從藍子裏往外捉取着麵包圓形的點心和「列巴圈，」他强健的兩臂，好像要把整個籃子抱到房間裏才能滿足。最後他付過錢，下了最大的决心，捨棄了籃子跑回房中來吃。

還不到八點鐘，他就走了。九點剛過他就回來。下午太陽快落時，他又去一次。一個鐘頭又回來。他已經慌慌忙忙像是生活有了意義似的。當他回來時，他帶回一個小包袱，他說那是才從當鋪取出的從前他當過的兩件衣裳。他很有興致的把一件長夾袍從包袱裏解出來，還有一件小毛衣。

『你穿我的夾袍，我穿毛衣，』他吩咐着。

於是兩個人各自趕快穿上。他的毛衣很合適。惟有我穿着他的夾袍，兩隻腳使我自己石不見，手被袖口吞沒去，寬大的袖口使我忽然感到我的肩膀一邊掛好一個口袋，就是這樣我覺得很合適，很滿足。

電燈照耀着滿城市的人家。鈔票帶在我的衣袋裏，就這樣兩個人理直氣壯的走在街上，穿過電車道，穿過擾嚷着的那條破街。

一扇破碎的玻璃門，上面封了紙片，郎華拉開牠，並且回頭向我說：『很好的小飯館，洋車夫和一切工人全在這里吃飯。』

我跟着進去，裏面擺着三張大桌子，我有點看不慣，好幾部分食客都擠在一張桌上，屋子幾乎要轉不來身，我想讓我坐在那裏呢？三張桌子都是滿滿的人。我在袖口外面攝了一下郎華的手說：『一張空桌也沒有，怎麼吃？』

他說：『在這裏吃飯是隨隨便便的，有空就坐。』他比我自然得多，接着他把帽子掛到牆壁上，堂管走來，用他拿在手中已經擦滿油膩的布巾抹了一下桌角，同時向旁邊正在吃的那個人說：『借光，借光。』

就這樣郎華坐在長板凳上那個人剩下來的一頭。至於我呢，堂管把掌櫃獨坐的那個圓板凳搬來，佔據着大桌子的一頭。我們好像存在也可以，不存在也可以似的。不一會，小小的菜碟擺上來。我看到一個小圓木砧上堆着煑熟的肉，郎華跑過去向着木砧說了一聲：『切半角錢的猪頭肉。』

那個人把刀在圍裙上，在那塊髒布上抹了一下，熟練的揮動着刀在切肉。我想：他怎麼知道那叫猪頭肉呢？很快的我吃到猪頭肉了。後來我又看見火爐上煑着一個大鍋，我想要知道這鍋裏到底盛的是什麼，然而當時我不敢，不好意思站起來滿屋擺蕩。

『你去看看吧。』

『那沒有什麼好吃的。』郎華一面去看，一面說。

正相反，鍋雖然滿掛着油膩，裏面卻是肉丸子。掌櫃連忙說：『來一盌吧？』

我們沒有立刻回答。掌櫃又連忙說：『味道很好哩。』

我們怕的倒不是味道好不好，既然是肉的，一定要多花錢吧！我們面前擺了五六個小碟子，覺得菜已經夠了。他看看我，我看看他。

『這麼多菜，還是不要肉丸子吧，』我說。

來。

『肉丸子還帶湯』我看他說這話，是願意了，那麼吃吧。一決心，肉丸子就端上來。

破玻璃門邊來來往往有人進出，戴破皮帽子的，穿破皮襖的，還有滿身紅綠的油匠，長鬍子的老油匠，十二三歲尖嗓的小油匠。

脚下有點潮溼得難過了。可是門仍不住的開關，人們仍是來來往往。一個歲數大一點的婦人，抱着孩子在門外乞討，僅僅在人們開門時她說一聲：『可憐可憐吧！給小孩點吃的吧！』然而她從不動手推門。後來大槪她等到時間太長了，就跟着人們進來，停在門口，她還不敢把門關上，表示出她一得到什麼東西很快就走的樣子。忽然全屋充滿了冷空氣。郎華拿饅頭正要給她，掌櫃的擺着手：『多得很，給不得。』

靠門的那個食客强關了門，已經把她趕出去了，並且說：『眞他媽的冷，死人，開着門還行！』

不知那一個發了這一聲：『她是個老婆子，你把她推出去。若是個大姑娘，不抱性她，你也得多看她兩眼。』

全屋人差不多都笑了，我卻聽不慣這話，我非常惱怒。

郎華爲着猪頭肉喝了一小壺酒，我也幫着喝。同桌的那個人只吃鹹菜，喝稀飯，他結賬時還不到一角錢。接着我們也結賬：小菜每碟二分，五碟小菜，半角錢猪頭肉，半角錢燒酒，丸子湯八分，外加八個大饅頭。

走出飯館，使人吃驚，冷空氣立刻裹緊全身，高空閃爍着繁星。我們奔向有電車經過叮叮響的那條街口。

『吃飽沒有？』他問。

『飽了，』我答。

經過街口賣零食的小亭子，我還買了兩塊紙包糖，我一塊，他一塊，一面上樓，一面吮着糖的滋味。

『你眞像個大口袋，』他吃飽了以後才向我說。

同時我打量着他，也非常不像樣。在樓下大鏡子前面兩個人照了好久。他的帽子僅僅扣住前額，後腦勺被忘記似的，離得帽子老遠老遠的獨立着，很大的頭，頂個小捲沿帽，最不相宜的就是這個小捲沿帽，在頭頂上看起來十分不牢固，好像烏鴉落在房頂，有隨時飛走的可能。不配稱的，別人送給他的那身學生服短而且寬。

走進房間，像兩個大孩子似的，互相比着舌頭，他吃的是紅色的糖塊，所以是紅舌頭，我是綠舌頭。比完舌頭之後，他憂愁起來，指甲在桌面上不住的敲響。

『你看，我當家庭教師有多麼不帶勁！來來往往凍得和個小叫化子似的。』

當他說話時，在桌上敲着的那隻手的袖口已是破了，拖着線條。我想破了倒不要緊，可是冷怎麼受呢？

長久的時間靜默着，燈光照在兩人臉上也不跳動一下，我說要給他縫縫袖口，明天要買針線。說到袖口，他驚覺一般看一下袖口，臉上立刻浮現着幻想，並且嘴唇微微張開。不自然似的，又不說什麼。

關了燈，月光照在窗外，反映得全室微白。兩人扯着一張被子，頭下破書當做枕頭。隔壁手風琴又咿咿呀呀的在訴說生之苦樂，樂器伴着他，他慢慢打開他幽禁的心靈了：

『敏子……這是敏子姑娘給我縫的。可是過去了，過去了就沒有什麼意義。我對你說過，那時候我瘋狂了。直到最末一次信來，才算結束，結束就是說從那時起她不再給我來信了。這樣意外的，相信也不能相信的事情，弄得我昏迷了許多日子……以前許多信都是寫着愛我…… 甚至於說非愛我不可，最末一次信卻罵起我來，直到現在我還不相信，可是事實是那樣……』

他起來去拿毛衣給我看，『你看這桃色的線…… 是她縫的……敏子縫的……』

又滅了燈，隔壁的手風琴仍不停止，在說話裏邊他叫那個名字『敏子，敏子。』都是喉頭發着水聲。

『很好看的，小眼眉很黑……嘴唇很……很紅啊！』說到恰好的時候，在被子裏邊他緊緊攝了我一下手。我想我又不是她。

『嘴唇通紅通紅……啊……』他仍說下去。

馬蹄打在街石上一朵朵的響聲。每個院落在想像中也都睡去。

來客

打過門，隨後進來一個胖子，穿的綢大衫，他也說他來念書，這使我很詫異。他四五十歲的樣子，又是個買賣人，怎麼要念書呢？過了好些時候他說要念莊子。白話文他說不用念，一看就明白，那不算學問。

郎華該怎麼辦呢。郎華說：『念莊子也可以。』

那胖子又說每一星期要做一篇文章，要請先生改，郎華說：也可以。郎華爲了錢，爲了一點點的學費這都可以。

另一天早晨又來一個年青人，郎華不在家，他就坐在草褥上等着，他好像有肺病，一面看床上的舊報紙一面問我：

『門外那張紙貼上寫着打武術，每月五元，不能少點嗎？』

『等一下再講吧！』我說。

他規規矩矩，很無聊的坐着大約十分鐘又過去了！郎華怎麽還不回來，我很着急。得一點教書錢，好像做一筆買賣似的，我想這筆買賣是作不成了，那人直說要走。

『你等一等就回來的，就回來的。』

結果不能等，臨走時向我告訴：

『我有肺病，我是從「大羅新」（商店）下來的，一年了，病也不好。醫生叫我運動運動。吃藥化錢太多，也不能吃了！運動總比挺着强。昨天我看報上有廣告，才知道這裏教武術，先生回來，請向先生說說，學費少一點。』

從家庭教師的廣告登出去，就有人到這裏治病，念莊子，還有人要練「飛檐走壁，」問先生會不會「飛檐走壁！」

那天又是郎華不在家，來一個人，還沒有坐定，他就走了。他看一看床上就是一張光身的草褥，被子捲在床頭，灰色的綿花從破孔流出來，我想去摺一下，又來不及。

那人對準地下兩隻破鞋打量着。他的手杖和眼鏡都閃着光，在他看來教武術的先生不用問是個討飯的傢伙。

提籃者

提籃人，他的大籃子，長形麵包，圓麵包……每天早晨他帶來誘人的麥香等在過道。

我數着……三個，五個十個……把所有的銅板給了他。一塊黑麵包擺在桌子上。郎華回來第一件事，他在麵包上掘了一個洞，連帽子也沒脫掉就嘴裏嚼着，又去找白鹽。他從外面帶進來的冷空氣發着腥味。他吃麵包，鼻子時時滴下清水滴。

『來吃啊！』

『就來。』我拿了刷牙缸跑下樓去倒開水，回來時，麵包差不多只剩硬殼在那裏。他緊忙說：

『我吃得眞快，怎麼吃得這樣快？眞自私，男人眞自私。』只端起牙缸來喝水，他再不吃了！我再叫他吃，他也不吃。只說：『飽了，飽了！吃去你的一半還不夠嗎？男人不好，只顧自己。你的病剛好，一定要吃飽的。』

他給我講着他怎樣要開一個「學社」，敎武術，還敎什麼什麼……這時候他的手，又揍到麵包殼上去，並且另一隻手也來了！扭了一塊下去，已經送到嘴裏，已經咽下去，他也沒有發覺第二次又來扭，可是說了：

『我不應該再吃，我已經吃飽。』

他的帽子仍沒有脫掉，我替他脫了去，同時送一塊麵包皮到他的嘴上。

喝開水，他也是一直喝，等我向他要，他才給我。

『晚上我領你到飯館去吃。』我覺得很奇怪，沒錢怎麼可以到飯館去吃呢！

『吃完就走，這年頭不吃還餓死？』他說完，又去倒開水。

第二天，擠滿麵包的大籃子又等在過道，我始終沒推開門，門外有別人在買，即是不開門，我也好像嗅到麥香。對麵包，我害怕起來，不是我想吃麵包，怕是麵包要吞了我。

『列巴列巴！』哈爾濱叫麵包做「列巴」賣麵包的人打着我們的門在招呼。帶着心驚買完了說：『明天給你錢吧，沒有零錢。』

星期日家庭教師也休息，只有休息，連早飯也沒有。提籃人在打門，郎華跳下床去，比貓跳得更得法輕快無聲。我一動不動。「列巴」就擺在門口，郎華光着脚，只穿一件短褲，襯衣搭在肩上，胸膛露在外面。

一塊黑麵包，一角錢。我還要五分錢的「列巴圈，」那人用繩穿起來，我還說：『不用，不用。』我打算就要吃了！我伏在床上，把頭抬起來，正像遇見了桑葉而抬頭的蠶一樣。

可是立刻受了打擊，我眼看着那人從郎華的手上把麵包奪回去，五個「列巴圈」也奪回去。

『明早一起取錢不行嗎？』

『不行，昨天那半角也拿給我吧！』

我充滿口涎的舌尖向嘴唇舐了幾下，不但「列巴圈」沒有吃到，把所有的銅板又都帶走了。

『早飯吃什麼呀？』

『你說吃什麼？』鎖好門，他又回到床上時，冰涼的身子貼住我。

「列巴圈」掛在過道別人的門上，過道好像還沒有天明，可是電燈已經熄了。夜間遺留下來睡朦朧的氣息充塞在過道，茶房氣喘着抹着地板。我不願醒得太早，可是已經醒了，同時再不能睡去。

廁所房的電燈仍開着，和夜間一般昏黃，好像黎明還沒有到來，可是列巴圈已經掛上別人家的門了！有的牛奶瓶也規規矩矩的等在別人的房間外。只要一醒來，就可以隨便吃喝，但這都只限於別人，是別人的事，與自己無關。

扭開了燈，郎華睡在床上，他睡得很恬靜，連呼吸也不震動空氣一下。聽一聽過道連一個人也沒走動，全旅館的三層樓都在睡中，越這樣靜越引誘我，我的那種想頭越堅決。過道尙沒有一點聲息，過道越靜越引誘我，我的那種想頭越想越充漲我；

去拿吧！正是時候，卽使是偷，那就偷吧！

輕輕扭動鑰匙，門一點響動也沒有，探頭看了看，「列巴圈」對門就掛着，東隔壁也掛着，西隔壁也掛着。天快亮了！牛奶瓶的乳白色看得眞眞切切，「列巴圈」比每天也大了些。結果什麼也沒有去拿，我心裏發燒，耳朵也熱了一陣，立刻想到這是「偷」。兒時的記憶再現出來，偷梨吃的孩子最羞恥。過了好久，我就貼在已關好的門扇上，大概我像一個沒有靈魂的，紙剪成的人貼在門扇。大概這樣吧：街車喚醒了我，馬蹄得得，車輪吱吱的響過去。我抱緊胸膛，把頭也掛到胸口，向我自己心說：我餓呀！不是「偷」呀！

第二次也打開門，這次我決心了！偷就偷，雖然是幾個「列巴圈」，我也偷，爲着我「餓」，爲着他「餓」。

第二次又失敗，那麼不去做第三次了。下了最後的決心，爬上床，關了燈，推一推郎華，他沒有醒，我怕他醒。在「偷」這一刻，郎華也是我的敵人，假若我有母親，母親

也是敵人

天亮了人們醒了，馬路也醒了。做家庭教師，無錢吃飯也要去上課，並且要練武術。他喝了一盃空茶走的，過道那些「列巴圈」早已不見，都讓別人吃了。

從昨夜餓到中午，四肢軟弱一點，肚子好像被踢打放了氣的皮球。

窗子在墻壁中央，天窗似的，我從窗口升了出去，赤裸裸，完全和日光接近，市街臨在我的腳下，直線的，錯綜着許多角度的樓房，大柱子一般工廠的煙筒，街道橫順交組着。禿光的街樹。白雲在天空作出各樣的曲線，高空的風吹破我的頭髮，飄蕩我的衣襟。市街和一張煩煩雜雜顏色不清晰的地圖掛在我的眼前。樓頂和樹梢都掛住一層稀薄的白霜，整個城市在陽光下閃閃灼灼撒了一層銀片，我的衣襟風拍着作響，我冷了，我孤孤獨獨的好像站在無人的山頂。每家樓頂的白霜，一刻不是銀片了，而是些雪花，冰花，或是什麼更嚴寒的東西在吸我，全身浴在冰水裏一般。

我披了棉被再出現到窗口，那不是全身，僅僅是頭和胸突在窗口。一個女人站在一家藥店門口討錢，手下牽着孩子，衣襟裏着更小的孩子。藥店沒有人出來理她，過路人也不理她，都像說她有孩子不對，窮就不該有孩子，有也應該餓死。

我只能看到街路的半面，那女人大概向我的窗下走來，因爲我聽見那孩子的哭聲很近。

『老爺，太太，可憐可憐……』可是看不見她在追逐誰，雖然是三層樓也聽得這般淸楚，她一定是跑得顚顚斷斷的呼喘：『老爺……老爺……可憐吧！』

那女人一定正相同我，一定早飯還沒有吃，也許昨晚的也沒有吃，她在樓下急追的來回的呼聲傳染了我，肚子立刻響起來，腸子不住的呼叫……

郎華仍不回來，我拿什麽來喂肚子呢？桌子可以吃嗎？草褥子可以吃嗎？

曬着陽光的行人道，來往的行人，小販，乞丐……這一些看得我疲倦了！打着呵欠從窗口爬下來。

窗子一關起來，立刻滿生了霜，過一刻玻璃片就流着眼淚了！起初是一條一條的，後來就大哭了！滿臉是淚，好像在行人道上討飯的母親的臉。

我坐在小屋，像在籠中的鷄一般，只想合起眼睛來靜着，默着，但又不是睡。

『咯，咯！』這是誰在打門！我快去開門：是三年前舊學校裏的圖畫先生。

他和從前一樣很喜歡說笑話，沒有改變，只是胖了一點，眼睛又小了一點。他隨便說，說得很多。他的女兒，那個穿紅花旗袍的小姑娘，又加了一件黑絨上衣，她在籐椅上怪美麗的，但她有點不耐煩的樣子：

『爸爸，我們走吧。』小姑娘那裏懂得人生！小姑娘只知道美，那裏懂得人生？

曹先生問：『你一個人住在這裏嗎？』

『是——』我當時不曉得為什麼答應「是，」明明是和郎華同住，怎麼要說自己住呢？

好像這幾年並沒有別開，我仍在那個學校讀書一樣。他說：

『還是一個人好，可以把整個的心身獻給藝術。你現在不喜歡畫，你喜歡文學，就把全心獻給文學。只有忠心於藝術的心才不空虛，只有藝術才是美，才是眞美。「愛情」這話很難說，若是爲了性慾才愛，那麽就不如臨時解決，隨便可以找到一個，只要是異性，愛是愛，「愛」很不容易，那麽就不如愛藝術，比較不空虛……』

『爸爸，走吧！』小姑娘那裏懂得人生，只知道「美」，他看一看這屋子一點意思也沒有，床上只鋪一張草褥子。

『是走——』曹先生又說，眼睛指着女兒：『你看我，十三歲就結了婚。這不是嗎？曹雲都十五歲啦！』

『爸爸，我們走吧！』

他和前幾年一樣，總愛說「十三歲」就結了婚。差不多全校同學都知道曹先生是十三歲結婚的。

『爸爸，我們走吧！』

他把一張票子丟在桌上就走了！那是我寫信去要的。

郎華還沒有回來，我應該立刻想到餓，但我完全被青春迷惑了，讀書時候那裏懂得「餓」？只曉得青春最重要，雖然現在我也並沒老，但總覺得青春是過去了！過去了！

我冥想了一個長時期，心浪和海水一般的潮了一陣。

追逐實際吧！青春惟有自私的人才繫念她，『只有飢寒，沒有青春。』

幾天沒有去過的小飯館，又坐在那裏邊吃喝了。『很累了吧！腿可疼？道外道裏要有十五里路。』我問他。

只要有的吃，他也很滿足，我也很滿足。其餘什麼都忘了！

那個飯館，我已經習慣，還不等他坐下，我就搶了個地方先坐下，我也把菜的名子記得很熟，什麼辣椒白菜啦，雪裏紅豆腐啦……什麼醬魚啦！怎麼叫醬魚呢？那裏有魚！用魚骨頭炒一點醬，借一點腥味就是啦！我很有把握，我簡直都不用算一算就知道這些菜也超不過一角錢。因此我很大的聲音招呼，我不怕，我一點也不怕化錢。

回來，沒有睡覺之前我們一面喝着開水一面說：

『這回又餓不着了！又夠吃些日子。』

閉了燈，又滿足又安適的睡了一夜。

搬家

搬家！什麼叫搬家？移了一個窠就是罷！

一輛馬車，載了兩個人，一個條箱，行李也在條箱裏。車行在街口了，街車，行人道上的行人，店舖大玻璃窗裏的「模特兒」……汽車馳過去了，別人的馬車趕過我們急跑，馬車上面似乎坐着一對情人，女人的捲髮在帽沿外跳舞，男人的長臂沒有什麼用處一般，只爲着一種表示才遮在女人的背後。馬車馳過去了，那一定是一對情人在兜風……只有我們是搬家。天空有水狀的和要融化春冰狀的白雲，我仰望着白雲，風從我的耳邊吹過，使我的耳朵鳴響。

到了：商市街××號。

他挾着條箱，我端着臉盆，通過很長的院子，在儘那頭，第一下拉開門的是郎華，他說：

『進去吧！』

「家」就這樣的搬來，這就是「家。」

一個男孩，穿着一雙很大的馬靴，跑着跳着喊：

『媽……我老師搬來啦，我老師搬來啦！』

這就是他教武術的徒弟。

借來的那張鐵床，從門也抬不進來，從窗也抬不進來，抬不進來，眞的就要睡地板嗎？光着身子睡嗎？鋪什麼？

『老師，用斧子打吧。』穿長靴的孩子去找到一柄斧子。

鐵床已經站起，塞在門口，正是想抬出去也不能夠的時候，郎華就用斧子打，鐵擊打着鐵發出震鳴，門頂的玻璃碎了兩塊，結果床搬進來了，光身子放在地板中央，又向房東借一張桌子和兩張椅子。

郎華走了，他說他去買水桶，菜刀，飯盌……

我的肚子因爲冷，也許因爲累，又在作痛，走到廚房去看，爐中的火熄了，未搬來之前也許什麼人在烤火，所以爐中尙有木柈在燃。

鐵床露着骨，玻璃窗漸漸結上冰來。下午了，陽光失去了暖力，風漸漸捲着沙泥來吹打窗子……用冷水擦着地板，擦着窗台……等到這一切作完，再沒有別的事可做的時候，我感到手有點痛，脚也有點痛。

這裏不像旅館那樣靜，有狗叫，有鷄鳴……有人吵嚷。

把手放在鐵爐板上也不能暖了，爐中連一顆火星也滅掉。肚子痛，要上床去躺一躺，那裏是床！冰一樣的鐵條，怎麼敢去接近！

我餓了，冷了，我肚痛，郎華還不回來，有多麼不耐煩！連一隻錶也沒有，連時間也不知道。多麼無趣，多麼寂寞的家呀！我好像落下井的鴨子一般寂寞並且隔絕。肚痛，寒冷和饑餓伴着我……什麼家？簡直是夜的廣場，沒有陽光，沒有暖。

門扇大聲光郎光郎的響，是郎華回來，他打開小桶的蓋給我看：小刀，筷子，盌，水壺，他把這些都擺出來，紙包裏的白米也倒出來。

只要他在我邊旁，餓也不難忍了，肚痛也輕了。買回來的草褥放在門外，我還不知道，我問他：

『是買的嗎？』

『不是買的，是那裏來的？』

『錢，還剩多少？』

『還剩！怕是不夠哩！』

等他買木柈回來，我就開始點火。站在大爐邊居然間我也和小主婦一樣調着晚餐。油菜燒焦了，白米飯是半生就吃的，說它是粥比粥還硬一點，說它是飯，比飯還黏一點。這是說我做了「婦人」，不做婦人，那裏會燒飯，不做婦人那裏懂得燒飯。

晚上房主人來時，大概是取着拜訪先生的意義來的！房主人就是穿馬靴那個孩子的父親。

『我三姐來啦！』過一刻那孩子又打鬥。

我一點也不能認識她，她說她在學校時每天差不多都看見我，不管在操場或是禮堂。我的名字她還記得很熟。

『也不過三年，就忘得這樣厲害……你在那一班？』我問。

『第九班。』

『第九班，和郭小嫻一班嗎？郭小嫻每天打球，我倒認識她。』

『對啦！』『我也打籃球。』

但無論如何我也想不起她來，坐在我對面的簡直是一個從未見過的面孔。

『那個時候，你十幾歲呢？』

『十五歲吧！』

『你太小啊，學校裏多半是不注意小同學們的，』我想了一下，我笑了她捲皺的頭髮，掛胭脂的咀，比我好像還大一點，因爲回憶完全把我帶回往昔的境地去。其實我是二十二歲了，比起她來，怕是已經老了。尤其是在蠟燭光裏，假若有鏡子讓我照一下，我一定慘敗得比三十歲更老。

『三姐！你老師來啦。』

『我去學俄文。』她弟弟在外邊一叫她，她就站起來說。

很爽快，完全是少女風度，長身材，細腰，閃出門去。

最末的一塊木柈

火爐燒起又滅，滅了再弄着，滅到第三次，我懊惱了！我再不能抑止我的憤怒，我想凍死吧，餓死吧，火也點不着，飯也燒不熟。就是那天早晨手在鐵爐門上燙焦了兩條，並且把指甲燒焦了一個缺口。火焰仍是從爐門噴吐，我對着火焰生氣，女孩子的嬌氣畢竟沒有脫掉，我向着窗子，心很酸，脚也凍得很痛，打算哭了。但過了好久，眼淚也沒有流出，因爲已經不是嬌子，哭什麽？

燒晚飯時，只剩一塊木柈，一塊木柈怎麽能生火呢？那樣大的爐腔，一塊木柈只能佔去爐腔的二十分之一。

『睡下吧，屋子太冷，什麽時候餓，就吃麵包，』郞華抖着被子招呼我。

脫掉襪子，腿在被子裏面團捲着，想要把自己的脚放到自己的肚子上面暖一暖，但是不可能，腿生得太長了，實在感到不便，腿實在是無用。在被子裏面也要顫抖似的，窗子上的霜，已經掛得那樣厚，並且四壁刷的綠顏色，塗着金邊，這一些更使人感到寒冷。兩個人的呼吸像冒着烟一般地。玻璃上的霜好像柳絮落到河面，密結的起着絨毛。夜來時也不知道，天明時也不知道，是個沒有明暗的幽室，人住在裏面正像菌類生在不見天日的大樹下；快要朽了。而人不是菌類。

半夜我就醒來，並不餓，只覺到冷。郎華光着身子跳起來，點起蠟燭到廚房去喝冷水。

「凍着也不怕受寒！」

「你看這力氣！怕冷？」他的性格是這樣爭強給我看。臨上床，他還在自己肩頭上打了兩下。我遇着他冷的身子抖顫了。都說情人的身子比火還熱，到此時我不能相信這話了。

第二天仍是一塊木桦，他說借吧！

『向那裏借？』

『向汪家借。』

寫了一張紙條，他站在門口喊他的學生汪玉祥。

老廚夫抱了滿懷的木柈來叫門。

不到半點鐘我的臉一定也紅了，因爲郎華的臉紅起來，窗子滴着水，水從窗口流延到地板上窗前來回走人也看得清，窗前啄食的小鷄也看得清，黑毛的，紅毛的，也有花毛的。

『老師，練武術嗎？九點鐘啦！』

『等一回，吃完飯練武術！』

有了木柈，還沒有米，等什麽？越等越餓。他教完武術又跑出去借錢，等他借了錢買了一大塊厚餅回來，木柈又只剩了一塊。這可怎麽辦？晚飯又不能吃。

對着這一塊木柈又愛它，又恨它，又可惜它。

黑列巴和白鹽

玻璃窗子又慢慢結起霜來，不管人和狗經過窗前都辨不淸楚。

『我們不是新婚嗎？』他這話說得很響，他唇下的開水盃起一個小圓波浪，他放下盃子，在黑麵包上塗一點白鹽送下喉去。大槪是麵包已不在喉中，他又說『這不是正在度蜜月嗎！』

『對的，對的對的。』我笑了。

他連忙又取一片黑麵包，塗上一點白鹽，他學着電影上那樣度蜜月，把塗鹽的列巴先送上我的嘴，我咬了一下，而後他才去吃。一定鹽太多了，舌尖感到不愉快，他連忙去喝水：

『不行不行，再這樣度蜜月把人鹹死了。』

鹽畢竟不是奶油，帶給人的感覺一點也不甜，一點也不香。我坐在旁邊笑。

光線完全不能透進屋來，四面是墻，窗子已經無用，封閉了的洞門似的，與外界絕對隔離開。天天就生活在這裏邊。素食，有時候不食，好像傳說上要成仙的人在這地方苦修苦練。很有成績，修練得倒是不錯了，臉也黃了，骨頭也瘦了。我的眼睛越來越擴大，他的頰骨和木塊一樣突在腮邊，這些工夫都做到，只是還沒成仙。

「借錢」「借錢，」郎華每日出去「借錢，」他借回來的錢總是很少，三角，五角，借到一元都是很稀有的事。

黑列巴和白鹽許多日子成了我們唯一的生命線。

度日

天色連日陰沉下去，一點光也沒有，完全灰色，灰得怎樣程度呢？那和墨汁混到水盆中一樣。

火爐台擦得很亮了，盤，筷子，小刀擺在格子上。清早起第一件事點起火爐來，而後擦地板，舖床。

爐鐵板燒得很熱時，我便站到火爐旁燒飯，刀子，匙子弄得很響。爐火在爐腔裏起着小的爆炸，飯鍋騰着氣，葱花炸到油裏發出很香的蒸調的氣味，我細看葱花在油裏邊滾着，漸漸變黃起來。……小洋刀好像剝着梨皮一樣把地豆刮得很白，很好看，去了皮的地豆是乳黃色，柔和而有彈力，爐台上舖好一張紙，把地豆再切成薄片，飯已熟，地豆煎好。打開小窗望了望，院心幾條小狗在戲耍。

家庭教師還沒有下課，葉香和米香引我回到爐前再吃兩口，用匙子調一下飯，再調一下菜，很忙的樣子像在偷吃。在地板上走了又走，一個鐘頭的課程還不到嗎？於是再打開鍋蓋吞下幾口。再從小窗望一望，我快要吃飽的時候他才回來。習慣上知道一定是他，他都是在院心大聲弄着嗓子響。我藏在門後等他，有時候我就不等他尋到就作着怪聲跳出來。

早飯吃完以後，就是洗盌，刷鍋，擦爐台，擺好木格子。假如有錶，怕是十一點還多了！

再過三四個鐘頭又是燒晚飯。他出去找職業，我在家裏燒飯，我在家裏等他。火爐台，我開始圍着它轉走起來。每天吃飯，睡覺，愁柴，愁米……

這一切給我一個印象：這不是孩子時候了，是在過日子，開始過日子。

飛雪

是晚間，正在吃飯的時候，管門人來告訴：

『外面有人找。』

踏着雪，看到鐵欄柵外我不認識的一個人，他說他是來找武術敎師。那麽這人就跟我來到房中，在門口他找擦鞋的東西，可是沒有預備那樣完備。表示着很對不住的樣子，他怕是地板會弄髒的。廚房沒有燈，經過廚房時那人爲了脚下的雪差不多沒有跌倒。

一個鐘頭過去了吧！我們的麪條在盌中完全涼透，他還沒有走，可是他也不說「武術」究竟是學不學，只是在那裏用手帕擦一擦嘴，揉一揉眼睛，他是要睡着了！

我一面用筷子調一調快凝住的麪條，一面看着他把外衣的領子輕輕的豎起來，我想這回他一定是要走。然而沒有走，或者是他的耳朶怕受凍用皮領來取一下暖，其實無論如何在屋裏也不會凍耳朶，那麼他是想坐在椅子上睡覺嗎？這裏是睡覺的地方？

結果他也沒有說「武術」是學不學，臨走時他才說：

『想一想……想一想……』

常常有人跑到這裏來想一想，也有的人第二次他再來想一想。立刻就決定的人一個也沒有，或者是學，或者是不學。看樣子當面說不學怕人不好意思，說學又總覺得學費不能再少一點嗎？總希望武術敎師把學費自動的減少一點。

我吃飯時很不安定，替他挑盌麵，替自己挑盌麵，一會又剪一剪燈花，不然蠟燭顫索得使人很不安。

兩個人一句話也不說。對着蠟燭吃着冷麵，雪落得很大了！出去倒髒水回來，頭髮就是濕的。從門口望出去，借了燈光，大雪白茫茫一刻就要傾滿人間似的。

郎華披起才借來的裌外衣到對面的屋子教武術。他的兩隻空袖口沒進大雪片中去了。我聽他開着對面那房子的門。那間客廳光亮起來。我向着窗子，雪片翻倒傾忙着，寂寞並且嚴肅的夜圍臨着我，終於起着咳嗽關了小窗，找一本書，讀不上幾頁又打開小窗，雪大了呢？還是小了？人在無聊的時候，風雨，總之一切天象會引起注意來。雪飛得更忙迫，雪片和雪片交組在一起。

很響的鞋底打着大門過道，走在天井裏鞋底就減輕了聲音。我知道是汪林囘來了。那個舊日的同學，今日我沒能看見她穿的是中國衣裳或是外國衣裳，她停在門外的木堦上在按鈴，小使女，也就是小丫環開了門，一面問：

『誰？誰？』

『是我你還聽不出來！？誰誰？』她有點不耐煩，小姐們有了青春更驕傲，可是做丫環的一點也不知道這個。假若不是落雪一定能看到那女孩是怎樣無知的把頭縮回去。

又去讀讀書，又來看看雪，讀了很多頁了，但什麼意思呢？我也不知道。因爲我心只記得落大雪天就轉寒，那麼從此我不能出屋了吧？郎華沒有皮帽，他的衣裳沒有皮領，耳朵一定要凍傷的吧！

在屋裏，只要火爐生着火，我就站在爐邊，或者更冷的時候，我還能坐到鐵爐板上去把自己煎一煎。若沒有木柈我就披着被坐在床上，一天不離床，一夜不離床，但到外邊可怎麼能去呢？披着被上街嗎？那還可以嗎？

我把兩隻腳伸到爐腔裏去，兩腿伸得筆直，就這樣在椅子上對着爐門看書；那裏看書，假看，無心看。

郎華一進門就說：『你在烤火腿嗎？』

我問他：『雪大小？』

『你看這衣裳！』他用面巾打着外套。

雪，帶給我不安，帶給我恐怖，帶給我終夜各種不舒適的夢……一大羣小豬沉下雪坑去……麻雀凍死在電線上，麻雀雖然死了仍掛在電線上。行人在曠野白色的大樹林裏一排一排的僵直着，還有一些把四肢都凍丟了。

這樣的夢以後，但總不能知道這是夢，漸漸明白些時，才緊抱住郎華，但總不能要信這不是眞事。我說：

『爲什麽要做這樣的夢？照迷信來說，這可不知怎樣？』

『眞糊塗，一切要用科學方法來解釋，你覺得這夢是一種心理，心理是從那裏來的？是物質的反映。你摸摸你這肩膀凍得這樣涼，你覺到肩膀冷，所以你做那樣的夢！』很快的他又睡去，留下我覺得風從棚頂，從床底都會吹來，凍鼻頭，又凍耳朵。

夜間大雪不知落得怎樣了！早晨起來，一定會推不開門吧！記得爺爺說過：大雪的年頭小孩站在雪裏露不出頭頂……風不住掃打窗子，小狗在房後哽哽的叫……

從凍又想到餓，明天沒有米了。

他的上唇掛霜了

他夜夜出去在寒月的清光下。他到五里路遠一條僻靜的街上去教兩個人讀中學國文課本。這是新找到的職業，不能說是職業，只能說新找到十五元錢。

禿着耳朵，袂外套的領子還不能遮住下巴，就這樣夜夜出去，一夜比一夜冷了！聽得見人們踏着雪地的響聲也更大。他帶着雪花回來，褲子下口全是白色，鞋也被雪浸了一半。

『又下雪嗎？』

他一直沒有回答，好像是同我生氣。把襪子脫下來，雪積滿他的襪口，我拿他的襪子在門扇上打着，只有一小部分雪星是震落下來，襪子的大部分全是潮濕了的。等我在火爐上烘襪子的時候，一種很難忍的氣味滿屋散佈着。

『明天早晨晚些吃飯，南崗有一個要學武術的。等我回來吃。』他說這話完全沒有聲色，把聲音弄得很低很低……或者他想要嚴肅一點，也或者他把這事故意看做平凡的事，總之我不能猜到了！

他赤了腳，穿上「傻鞋」去到對門上武術課。

『你等一等，襪子就要烘乾的。』

『我不穿。』

『怎麼不穿！汪家有小姐的。』

『有小姐管什麼？』

『不是不好看嗎！』

『什麼好看不好看！』他光着脚去，也不怕小姐們看，汪家有兩個很漂亮的小姐。

他很忙，早晨起來就跑到南崗去，吃過飯又要給他的小徒弟上國文課。一切完了又要跑出去借錢。晚飯後又是教武術，又是去教中學課本。

夜間他睡覺醒也不醒轉來，我感到非常孤獨了！白晝使我對着一些傢俱默坐，我雖生着嘴也不能言語，我雖生着腿也不能走動，我雖生着手而也沒有什麼做，和一個廢人一般，有多麽寂寞！連視線都被墻壁截止住，連看一看窗前的麻雀也不能夠，什麽也不能夠，玻璃生滿厚的和絨毛一般地霜雪。這就是「家，」沒有陽光，沒有暖，沒有聲，沒有色，寂寞的家，窮的家，不生毛草荒凉的廣場。

我站在小過道窗口等郎華，我的肚子很餓。

鐵門扇響了一下，我的神經便要震蕩一下，鐵門響了無數次，來來往往都是和我無關的人，汪林她很大的皮領子和她很響的高跟鞋相配稱，她搖搖愰愰滿滿足足，她的肚子想來很飽很飽，向我笑了笑，滑稽的樣子用手指點我一下：

『啊！又在等你的郎華……』她快走到門前的木堦還說着『他出去，你天天等他，眞是怪好的一對！』

她的聲音在冷空氣裏來得很脆，也許是少女們特有的喉嚨，對於她，我立刻把她忘記，也許原來就沒把她看見，沒把她聽見，假若我是個男人，怕是也只有這樣。肚子響叫起來。

汪家廚房傳出來炒醬的氣味，隔得很遠我也會嗅到，他家吃炸醬麪吧！炒醬的鐵勺子一響都像說：炸醬麪炸醬麪………

在過道站着，腳凍得很痛，鼻子流着鼻涕。我回到屋裏，關好二層門，不知是想什麼，默坐了好久。

汪林的二姐到冷屋去取食物，我去倒髒水遇見她，平日不很說話，很生疎，今天她却說：

『沒去看電影嗎？這個片子不錯，胡蝶主演。』她藍色的大耳環永遠掉蕩着不能停止。

『沒去看，』我的裌袍子冷透骨了！

『這個片子很好，煞尾是結了婚，看這片子的人都猜想，假若再演下去那是怎麽度着美滿的……』

她熱心的來到門縫邊，在門縫我也看到她大長的耳環在擺動。

『進來玩玩吧！』

『不進去，要吃飯啦！』

郎華回來了，他的上唇掛霜了！汪二小姐走得很遠時，她的耳環和她的話聲仍震蕩着：『和你度蜜月的人回來啦，他來了。』

好寂寞的，好荒涼的家呀！他從口袋取出燒餅來給我吃，他又走了，說有一家招請電影廣告員，他要去試試。

『什麽時候回來？什麽時候回來？』我追趕到門外問他，好像很久捉不到的鳥兒，捉到又飛了！失望和寂寞，雖然吃着燒餅也好像餓倒下來。

小姐們的耳環對比着郎華的上唇掛着的霜，對門居着，他家的女兒看電影，戴耳環；我家呢？我家……

當鋪

『你去當吧！你去當吧，我不去！』

『好，我去，我就願意進當鋪，進當鋪我一點也不怕，理直氣壯。』

新做起來的，我的綿袍，一次還沒有穿就跟着我進當鋪去了！在當鋪門口少徵徘徊了一下，想起出門時郎華要的價目——非兩元不當。

包袱送到櫃台上，我是仰着臉，伸着腰，用脚尖站起來送上去的，眞不曉得當鋪爲什怎擺起這麼高的櫃台！

那戴帽頭的人翻着衣裳看，還不等他問，我就說了：

『兩塊錢。』

他一定覺得我太不合理，不然怎麼連看我一眼也沒有看就把東西捲起來，他把包袱彷彿要丟在我的頭上，他十分不耐煩的樣子。

『兩塊錢不行，那麼多少錢呢？』

『多少錢不要。』他搖搖相同長西瓜形的腦袋，小帽頭頂尖的紅帽球也跟着搖了搖。

我伸手去接包袱，我一點也不怕，我理直氣壯，我明明知道他故意作難，正想把包袱接過來就走，猜得對對的，他並不把包袱眞給我。

『五毛錢！這件衣服袖子太瘦，賣不出錢來……』

『不當。』我說。

『那麼一塊錢……再可不能多了，就是這個數目。』他把腰微微向後彎一點，櫃台太高看不出他突出的肚囊……一隻大手指就比在和他太陽穴一般高低的地方。

帶着一元票子和一張當票，我快快的走，走起路來感到很爽快，默認自己是很有錢的人。菜市米店我都去過，臂上抱了很多東西，感到非常願意抱這些東西，手凍得很痛，覺得這是應該對於手一點也不感到可惜，本來手就應該給我服務，好像凍掉了也不可惜。走在一家包子舖門前，又買了十個包子，看一看自己帶着這些東西，很驕傲，心血時時激動，至於手凍得怎樣痛一點也不可惜。路旁遇見一個老叫化子，又停下來給他一個大銅板，我想我有飯吃他也是應該吃啊！然而沒有多給，只給一個大銅板，那些我自己還要用呢！又摸一摸當票也沒有丟，這才從新走，手痛得什麼心思也沒有了，快到家吧！快到家吧。但是背上流了汗，腿覺得很軟，眼睛有些刺痛，走到大門口，才想起來，從搬家還沒有出過一次街，走路腿也無力，太陽光也怕起來。

又摸一摸當票，才走進院去。郎華仍躺在床上，和我出來的時候一樣，他還不習慣於進當舖。他是在想什麼，拿包子給他看，他跳起來了：

『我都餓啦，等你也不回來。』

十個包子吃去一大半，他才細問：『當多少錢？當舖沒欺負你？』

把當票給他，他瞧着那樣少的數目：『才一元，太少。』

雖然說當得的錢少，可是又願意吃包子，那麼結果很滿足。他在吃包子的嘴，看起來比包子還大，一個跟着一個，包子消失盡了。

借

「女子中學」的門前，那是三年前在裏邊讀書的學校。和三年前一樣，樓窗前的樹，短板墻，墻外的馬路，每塊石磚我踏過牠。墻裏墻外的每棵樹尙存着我溫馨的記憶，附近的家屋喚着我往日的情緒。

我忘不了這一切啊！管它是溫馨的是痛苦的！我忘不了。這一切啊！我在那樓上正是我有着青春的時候。

現在已經黃昏了，是冬的黃昏。我踏上水門汀的階石，輕輕的邁着步子。三年前曾按過的門鈴又按在我的手中。出來開門的那個校役，他還認識我。樓梯上下跑走的那一些同學却交着耳說：

『這是找誰的？』

一切全不生疏，事務牌，信箱，電話室，就是掛衣架子三年也沒有搬動，仍是擺在傳達室的門外。

我不能立刻上樓，這對於我是一種侮辱似的。舊同學雖有，怕是教室已經改換了；宿舍我不知道在樓上還是在樓下。

『梁先生——國文梁先生在校嗎？』我對校役說。

『在校是在校的，正開教務會議。』

『什麼時候開完？』

『那怕到七點鐘吧！』

墻上的鐘還不到五點，等也是無望，我走出校門來了！這一刻我完全沒有來時的感覺，什麼街石，什麼樹，這對我發生什麼關係？

『吟——在這裏。』郎華在很遠的路燈下打着招呼。

『回去吧！走吧！』我走到他近邊，再不說別的。

順着那條斜坡的直道走得很遠我才告訴他：

『梁先生開教務會議，開到七點，我們等得了嗎？』

『那麽你能走嗎？肚子還疼不疼？』

『不疼，不疼。』

圓月從東邊一小片林梢透過來，暗紅色的圓月，很大很混濁的樣子，好像老人昏花的眼睛垂到天邊去。脚下的雪不住在滑着響着，走了許多時候，一個行人沒有遇見，來到火車站了！大時鐘在暗色的空中發着光，火車的汽笛震鳴着冰寒的空氣，電車，汽車，馬車，人力車，車站前忙着這一切。

順着電車道走，電車響着鈴子從我們身旁一輛一輛的過去。沒有借到錢，電車就上不去，走吧！挨着走，肚痛我也不能說。走在橋上，大概是東行的火車突着烟從橋下經過，震得人會耳鳴起來，索練一般的爬向市街去。

從崗上望下來，最遠處，商店的紅綠電燈不住的閃閉，在夜裏的人家好像在烟裏一般，若沒有燈光從窗子流出來，那麼所有的樓房就該變成幽寂的，沒有鐘聲的大教堂了！站在崗上望下去，「許公路」的電燈好像扯在太陽下長串的黃色銅鈴，越遠那些銅鈴越增加着密度，漸漸數不過來了！

挨着走，昏昏茫茫的走，什麼夜，什麼市街，全是陰溝，我們滾在溝中，攜着手吧！相牽着走吧！天氣那樣冷，道路那樣滑，我時時要滑倒的樣子，脚下不穩起來，不自主起來，在一家電影院門前我終於跌倒了，坐在冰上，因爲道上無處不是冰。膝蓋的關節一定受了傷害，他雖拉着我，走起來也十分困難。

『肚子跌痛了沒有？你實在不能走了吧？』

到家把剩下來的一點米煮成稀飯，沒有鹽，沒有油，沒有菜，暖一暖肚子算了。吃飯，肚子仍不能暖，餅乾盒子盛了熱水，盒子漏了。郎華又拿一個空玻璃瓶要盛熱水給我暖肚子，瓶底炸掉下來，滿地流着水，他拿起沒有底的瓶子當號筒來吹。在那嗚嗚的響聲裏邊，我躺下冰冷的床去。

買皮帽

「破爛市」上打起着陰棚，很大一塊地盤全然被陰棚連絡起來。不斷的擺着攤子：鞋，襪，帽子，面巾，這都是應用的東西，擺出來最多的是男人的褲子和襯衫，我打量了郎華一下，這褲子他應該買一條。我正想問價錢的時候忽然又被那些大大小小的皮外套引住。仰起頭看那些掛得很高的，一排一排的外套，寬大的領子，黑色毛皮的領子，雖是馬車夫穿的外套，郎華穿不也很好嗎？又正想問價錢，郎華在那邊叫我：

『你來這個帽子怎麼樣？』他拳頭上頂着一個四個耳朵的帽子正在轉着彎看，我一見那和貓頭一樣的帽子就笑了，我還沒有走到他近邊，我就說：『不行。』

『我小的時候，在家鄉儘戴這個樣帽子。』他趕快頂在頭上試一試。立刻他就變成個小貓樣，『這眞暖和。』他又把左右的兩個耳朵放下來，立刻我又看他像個小狗，總之他戴起這樣的帽子不像個小貓，就像個小狗——因爲小時候爺爺給我買過這樣「叭狗帽，」爺爺叫牠「叭狗帽。」

『這帽子暖和得很！』他又頂在拳頭上轉着彎搖了兩下。

脚在陰棚裏凍得難忍，在小的行人道跑了幾個彎子，許多「飛機帽，」這個，那個，他都試過。黑色的比黃色的價錢便宜兩角，他喜歡黃色的，同時又喜歡少化兩角錢，於是走遍陰棚在尋找。

『你的……什麼的要？』出攤子的人這樣問着。同是中國人却把中國人當做日本或是高麗人。

我們不能買他的東西，快快的跑過去。

郎華戴上飛機帽了！兩個大皮耳朵上面長兩個小耳朵。

『快走啊，快走。』繞過不少路才走出陰棚。若不是他喊我，我眞被那些衣裳和褲子戀住了，尤其是馬車夫們穿的羊皮外套。

重見天日時，我忙慌着跟上郎華去！

『還剩多少錢？』

『五毛。』

走過菜市，從前吃飯那個小飯館我想提議進去吃包子，一想到五角錢只好硬着心腸，背了自己的願望走過飯館，五角錢要吃三天，那能進飯館子？

街旁許多賣花生，瓜子的。

『有銅板嗎？』我拉了他一下。

『沒有，一個沒有。』

『沒有就完事。』

『你要買什麼？』

『不買什麼！』

『要買什麼這不是有票子嗎？』他停下來不走了。

『我想買點瓜子，沒有銅板就不買。』

大概他想愛人要買幾個銅板瓜子的欲望都不能滿足！於是慷慨的摸着他的衣袋：

這不是給愛人買瓜子的時候，吃飯比瓜子更要緊；餓比愛人更要緊。

風雪吹着我們走回家來了，手疼，脚疼，我白白的跟着跑了一蹚。

廣告員的夢想

有一個朋友到一家電影院去畫廣告，月薪四十元。畫廣告留給我一個很深的印象，我一面燒早飯一面看報，又有某個電影院招請廣告員被我看到，立刻我動心了：我也可以吧？從前在學校時不也學過畫嗎？但不知月薪多少。

郎華回來吃飯，我對他說，他很不願意作這事。他說：『儘騙人。昨天別的報上登着一段招聘家庭教師的廣告，我去接洽，其實去的人太多，招一個人，就要去十個，二十個……』

『去看看怕什麼？不成完事。』

『我不去。』

『你不去我去。』

『你自己去?』

『我自己去!』

第二天早晨我又留心那塊廣告,這回更能滿足我我欲望。那廣告又改登一次,月薪四十元,明明白白的是四十元。

『看一看去。不然,等着職業,職業會來嗎?』我又向他說。

『要去吃了飯就去,我還有別的事。』這次他不很堅决了。

走在街上遇到他一個朋友。

『到那裏去?』

『接洽廣告員的事情.』

『就是「國際協報」登的嗎?』

『是的。』

『四十元啊!』這四十元他也注意到。

十字街商店高懸的大錶還不到十一點鐘，十二點才開始接洽。

已經尋找得好疲乏了，已經不耐煩了，代替接洽的那個「商行」才尋到。指明的是石頭道街，可是那個商行是在石頭道街旁的一條順街尾上，我們的眼睛撩亂起來。走進「商行」去，在一座很大的樓房二層樓上，剛看到一塊長方形的亮銅牌釘在過道，還沒看到究竟是個什麼「商行」，就有人截住我們：『什麼事？』

『來接洽廣告員的！』

『今天星期日，不辦公。』

第二天再去的時候還是有勇氣的，是陰天，飛着清雪。那個商行的人說：『請到電影院本家去接洽吧。我們這裏不替他們接洽了。』

郎華走出來就埋怨我：『這都是你主張，我說他們儘騙人，你不信！』

『怎麼又怨我？』我也十分生氣。

『不都是想當廣告員嗎？看你當吧！』

吵起來了。他覺得這是我的過錯，我覺得他不應該同我生氣。走路時他走在前面，總比我快一些，他不願意和我一起走的樣子，好像我對事情沒有眼光使他討厭的樣子。衝突就這樣越來越大，當時並不去怨恨那個「商行」或是那個電影院，只是他生氣我，我生氣他，眞正的目的卻丟開了。兩個人吵着架回來。

第三天我再不去了。我再也不提那事。仍是在火爐板上烘着手。他自己出去，戴着他的飛機帽。

『南崗那個人的武術不教了，』晚上他告訴我。

我知道就是那個人不學了。

第二天他仍是戴着他的飛機帽走了一天，到夜間我也並沒提起廣告員的事。照樣第三天我也並沒有提，我已經沒有興致想找那樣的職業。可是他自動的，比我更留心，自己到那個電影院去過兩次。

『我去過兩次，第一回說經理不在，第二回說過幾天再來吧。眞他嗎的有什麼勁，只爲着四十元錢，就去給他們要賣畫的什麼廣告？什麼情火啦，豔史啦，甜蜜啦，眞是無恥和肉麻！』

他發的議論我是不回答的。他憤怒起來，好像有人非捉他去作廣告員不可。

『你說我們能幹那樣無聊的事？去他娘的吧！滾蛋吧！』他竟罵起來，跟着他就罵起自己來：『眞是混蛋，不知恥的東西，自私的爬蟲！』

直到睡覺時他還沒忘掉這件事，他還向我說：『你說我們不是自私的爬蟲是什麼？只怕自己餓死，去畫廣告畫得好一點，不怕肉麻，多招來一些看情史的，使人們羡慕富麗，使人們一步一步的爬上去……就是這樣只怕自己餓死，毒害多少人不管，人是自私的東西：……若有人每月給二百元，不是什麼都幹了嗎？我們就是不能夠推動歷史，也不能站在相反的方面努力敗壞歷史！』他講得使我也感動了。並且聲音不自知的越講越大，他已經開始更細的分析自己……

『你要小點聲啊，房東那屋裏常常有日本朋友來，』我說。

又是一天，我們在「中央大街」閒蕩着，很瘦很高的老秦在他肩上拍了一下；冬天下午三四點鐘時已經快要黃昏了，陽光僅僅留在樓頂，漸漸微弱下來，街路完全在晚風中，就是行人道上也有被吹起的霜雪掃着人們的腿。

冬天在行人道上遇見朋友總是不把手套脫下來就握手的。那人的手套大概很涼吧，我見郎華的赤手握了一下就抽回來。我低下頭去，順便看到老秦的大皮鞋上撒着紅綠的小斑點。

『你的鞋上怎麼有顏料？』

他說他到電影院去畫廣告了。他又指給我們電影院就是眼前那個，他說：『我的事情很忙，四點鐘下班，五點鐘就要去畫廣告。你們可以不可以幫我一點忙？』

聽了這話郎華和我都沒有回答。

『五點鐘我在賣票的地方等你們，你們一進門就能看見我，』老秦走開了。

晚飯吃的烤餅，差不多每張餅都是半生就吃下的，爲着忙也沒有到桌子上去吃，就圍在爐邊吃的。他的臉被火烤得通紅。我是站着吃的，看一看新買的小錶五點了，所以連湯鍋也還沒有蓋起，我們就走出了，湯在火爐板上蒸着氣。

不用說我是連一口湯也沒喝，郎華已跑在我的前面。我一面弄好頭上的帽子一面追隨着他，才要走出大門時，忽然想起火爐旁還堆着一堆木柴，怕着了火，又回去看了一趟。等我再出來的時候，他已跑到街口去了。

他說我：『做飯也不曉得快做！摸索，你看晚了吧！女人就會摸索，女人就能躭誤事！』

可笑的內心起着矛盾。這行業不是幹不得嗎？怎麼跑得這樣快呢？他搶着我跨進電影院的門去。我看他矛盾的樣子，好像他的後腦勺也在起着矛盾，我幾乎笑出來，跟着他進去了。

不知俄國人還是英國人，總之是大鼻子站在售票處賣票。問他老秦，他說不知道。問別人又不知道那個人是電影院的人，等了半個鐘頭也不見老秦。又只好回家了。

他的學說一到家就生出來，照樣生出來：『去他娘的吧！都是你願意去，那不成，那不成啊！人這自私的東西，多碰幾個釘子也對。』

他到別處去了，留我一個人在家。

『你們怎不去找找？』老秦一邊脫着他的皮帽一邊說。

『還到那裏找去？等了半點鐘也看不到你！』

『我們一同走吧。郎華呢？』

『他出去了。』

『那麼我們先走吧。你就是幫我忙，每月四十元，你二十，我二十，均分。』

在廣告牌了前站到十點鐘才回來。郎華找我兩次也沒有找到，所以他正在房中生氣。

這一夜，我和他就吵了半夜，他去買酒喝，我也搶着喝了一半，哭了，兩個人都哭了。他醉了以後在地板上嚷着說：『一看到職業，什麼也不管就跑了，有職業愛人也不要了！』

我是個很壞的女人嗎？只爲了二十元錢把愛人氣得在地板上滾着，酒醉的心像有火燒，像有開水在滾就是哭也不知道爲什麼要哭，已經失去了理智。他也和我同樣。

第二天酒醒，是星期日。他同我去畫了一天的廣告。我是老秦的副手，他是我的副手。

第三天就沒有去，電影院另請了別人。

廣告員的夢到底做成了，但到底是碎了。

新識

太寂寞了，「北國」人人感到寂寞。一羣人組織一個畫會，大概是我提議的吧！又組織一個劇團，第一次參加討論劇團事務的人有十幾個，是借民衆教育館閱報室討論的。其中有一個臉色很白，多少有一點像政客的人，下午就到他家去繼續討論，許久沒有到過這樣暖和的屋子，壁爐很熱，陽光晒在我的頭上；明亮而暖和的屋子使我感到熱了！第二天是個假日，大家又到他家去。那是夜了，在窗子外邊透過玻璃的白霜，幌幌蕩蕩的一些人在屋裏閃動，同時陣陣起着高笑。我們打門的聲音幾乎沒有人聽到，後來把手放重一些，但是仍沒有人聽到，後來去敲玻璃窗片，這回立刻從紗窗帘現出一個灰色的影子，那影子用手指在窗上抹了一下，黑色的眼睛出現在小洞。於是聲音同人一起來在過道了。

『郎華來了，郎華來了！』開了門一面笑着一面握手。

雖然是新識，但非常熟識了！我們在客廳門外除了外套，差不多掛衣服的鈎子都將掛滿。

『我們來得晚了吧！』

『不算晚，不算晚，還有沒到的呢！』

客廳的台燈也開起來，幾個人圍在燈下讀劇本。還有一個從前的同學也在讀劇本，她的背靠着爐壁，淡黃色，有一點閃光的爐壁襯在背後，她黑的作着曲捲的頭髮就要散到肩上去。她演劇一般地在讀劇本。她波狀的頭髮和充分作着圓形的肩停在淡黃色的壁爐前是一幅完成的少婦美麗的剪影。

她一看到我就不讀劇本了！我們兩個靠着墻，無秩序的談了些話。研究着壁上嵌在大框子裏的油畫。我受凍的脚遇到了熱在鞋裏面作癢。這是我自己的事，努力忍着好了！

客廳中那麼許多人都是生人。大家一起喝茶，吃瓜子，這家的主人來來往往的走，他很像一個主人的樣子，他講話的姿式很溫和，面孔帶着敬意，並且他時時整理他的上衣，挺一挺胸，直一直胳臂，他的領結不知整理多少次，這一切表示個主人的樣子。

客廳每一個角落有一張門，可以通到三個另外的小屋去，其餘的一張門是通過道的，就從一個門中走出一個穿皮外衣的女人，轉了一個彎她走出客廳去了。

我正在台燈下讀着一個劇本時聽到郎華和什麼人靜悄悄在講話。看去是一個胖軍官樣的人和郎華對面立着。他們走到客廳中央圓桌的地方坐下來，他們的談話我聽不懂，什麼「砲二隊」「第九期，第八期，」又是什麼人，我從未聽見過的名字郎華說出來，那人也說，總之很稀奇，不但我感到稀奇，爲着這樣生疏的術語，所有客廳中的人都靜肅了一下。

從右角的門扇走出一個小女人來，雖然穿的高跟鞋，但她像個小「蒙古，」胖人站起來說：

『這是我的女人！』

郎華也把我叫過去照樣也說給他們，這樣一來我就可以坐在旁邊細聽他們的講話了！

走在回家的路上，郎華告訴我：

『那個是我的同學啊！』

電車不住的響着鈴子，冒着綠火，半面月亮升起在西天，街角賣豆漿的燈火好像個小螢蟲，賣漿人守着他漸漸冷却的漿鍋寞寞打轉，夜深了！夜深了。

牽牛房

還不到三天，劇團就完結了！很高的一堆劇本剩在桌子上面。感到這屋子廣大了一些，冷了一些。

『他們也來過，我對他們說這個地方常常有一大羣人出來進去是不行啊！日本子這幾天在「道外」捕去很多工人。像我們這劇團……不管我們是劇團是什麼，日本子要知道那就不好辦……』

結果是什麼意思呢？就說劇團是完了！我們站起來要走。覺得劇團都完了，再沒有什麼停留的必要，很傷心似的。後來郎華的胖友人出去買瓜子，我們才坐下來吃着瓜子。

廚房有傢俱響，大概這是吃夜飯的時候，我們站起來快快的走了，他們說

『也來吃飯吧！不要走，不要客氣。』

我們說『不客氣，不客氣。』其實才是客氣呢！胖朋友的女人，就是那個我所說的小「蒙古，」她幾乎是來拉我。

『吃過了，吃過了！』欺騙着自己的肚子跑出來，感到非常空虛，劇團也沒有了，走路也無力了。

『眞沒意思，白跑了這些次，我頭疼了咧！』

『你快點走，走得這樣慢！』郎華說。

使我不耐煩的倒不十分是劇團的事情，因爲是餓了！我一定知道家裏一點什麼吃的東西也沒有。

因爲沒有去處，以後常到那地方去閑坐，第四次到他家去閑坐正是新年的前夜，主人約我們到他家過年，其餘新識的那一羣也都歡迎我們在一起玩玩。有的說：

『「牽牛房」又牽來兩條牛！』

有人無理由的大笑起來,「牽牛房」是什麼意思,我不能解釋。

『夏天窗前滿種着牽牛花,種得太多啦!爬滿了窗門因爲這個叫牽牛房!』主人大聲笑着給我講了一遍。

『那麼把人爲什麼稱做牛呢?』還太生疏,我沒有說這話。

不管怎樣玩怎樣鬧,總是各人有各人的立場,女僕出去買松子,拿着三角錢,這錢好像是我的一樣,非常覺得可惜,我急得要顫慄了!就像那女僕把錢去丢掉一樣。『多餘呀!多餘呀!吃松子做什麼!不要吃吧!不要吃那樣沒用的東西吧!』這話我都沒有說,我知道說這話還不是地方等一會雖然我也吃着,但我一定不同別人那樣感到趣味,別人是吃着玩,我是吃着充飢!所以一個跟着一個嚥下牠,毫沒有留在舌頭上嘗一嘗滋味的時間。

回到家來才把這可笑的話告訴郎華。他也說他不覺的吃了很多松子他也說他像吃飯一樣吃松子。

起先我很奇怪，兩個人的感覺怎麼這樣相同呢？其實一點也不奇怪，因爲餓，才把兩個人的感覺弄得一致的。

十元鈔票

在綠色的燈下，人們跳着舞，狂歡着，有的抱着椅子跳。胖朋友他也丟開風琴，從角落扭轉出來，他扭到混雜的一堆人去，但並不消滅在人中，因爲他胖，同時也因爲他跳舞做着怪樣，他十分不調協的在跳的兩腿扭顫得發着瘋，他故意妨害別人，最終他把別人都弄散開去，地板中央只留下一個流汗的胖子，人們怎樣大笑他不管。

『老牛跳得好！』人們向他招呼。

他不聽這些，他不是跳舞，他是亂跳瞎跳，他完全胡鬧，他蠢得和猪和蟹子那般。

紅燈開起來扭扭轉轉的那一些綠色的人變紅起來。紅燈帶來另一種趣味，紅燈帶給人們更熱心的胡鬧。瘦高的老桐扮了一個女相和胖朋友跳舞，女人們笑得流淚了！直不起腰了！但是胖朋友仍是一拐一拐。他的女舞伴在他的手臂中也是諧和的把頭一扭一扮，扭得太醜，太愚蠢，幾乎要把頭扭掉，要把腰扭斷，但是他還扭，好像很不要臉似的，一點也不知羞似的，那滿臉的紅胭脂呵！那滿臉醜惡得到妙處的笑容！

第二次老桐又跑去化裝出來時，頭上是包一張紅布，脖子後拖着很硬的但有點顫動棍狀的東西，那是用紅布札起來的掃帚把柄的樣子生在他的腦後。又是跳舞，每跳一下腦後的小尾巴就隨着顫動一下。

跳舞結束了，人們開始吃蘋果，吃糖，吃茶，就是吃也沒有個吃的樣子！有人說：

『我能整吞一個蘋果。』

『你不能，你若能整吞個蘋果，我就能整吞一個活猪，』另一個說。

自然蘋果也沒有吞，猪也沒有吞。

外面對門那家鎖着的大狗，鎖鏈子在動響，臘月開始嚴寒起來，狗凍得小聲吼叫着。

帶顏色的燈閉起來，因爲沒有顏色的刺激人們暫時安定了一刻，爲了過於興奮的緣故，我感到疲乏，也許人人感到疲乏。大家都安定下來，都像恢復了人的本性。

小「電驢子」一從馬路禿禿的跑過，又是日本憲兵在巡邏吧！可是沒有人害怕，人們對於日本憲兵的印象還淺。

『玩呀！樂呀！』第一個站起的人說。

『不樂白不樂，今朝有酒今朝醉……』大個子老桐也說。

胖朋友的女人拿一封信送到我的手裏：

『這信你到家去看好啦！』

郎華來到我的旁邊，也不知道這是什麼意思，我就把信放到衣袋中

只要一走出屋門，寒風立刻刮到人們的臉，外衣的領子豎起來，顯然郎華的夾外套是感到冷，但是他說：『不冷。』

一同出來的人都講着過舊年時比這更有趣味，那一些趣味早從我們跳躍去，

我想我有點餓，回家可吃什麼？於是別的人再講什麼我聽不到了！鄭華也冷了吧，他拉着我走向前面，越走越快了，使我們和那些人遠遠的分開。

在蠟燭旁忍着脚痛看那封信，信裏邊十元鈔票露出來。

夜是如此靜了，小狗在房後叫叫。

第二天一些朋友來約我們到「牽牛房」去吃夜飯，果然吃得很好，這樣的飽餐非常覺得不多得，有魚，有肉，有很好滋味的湯。又是玩到半夜才回來。這次我走路時很起勁，餓了也不怕，到家有十元票子在等我。我特別充實的邁着大步，寒風不能打擊我，「新城大街」，「中央大街」，行人很稀少了！人走在行人道好像沒有掛掌的馬走在冰面，很小心的，然而時時要跌倒。店舖的鐵門關得緊緊，裏面無光了，街燈和警察還存在，警察和垃圾箱似的失去了威權，他背上的槍提醒着他的職務，若不然我看他會依着電線柱睡着的。再走就快到「商市街」了！然而今夜我還沒有走夠，馬迭爾旅館門前的大時鐘孤獨的掛着。向北望去松花江就是這條街的盡頭。

我的勇氣一直到「商市街」口還沒消滅，腦中，心中，脊背上，腿上，似乎各處有一張十元票子，我被十元票子鼓勵得淺浮得可笑了。

是叫化子吧！起着哼聲在街的那面移動，我想他沒有十元票子吧！

鐵門用鑰匙打開，我們走進院去，但我仍聽得到叫化子的哼聲……

同命運的小魚

我們的小魚死了。它從盆中跳出來死的。

我後悔，爲什麼要出去那麼久！爲什麼只貪圖自己的快樂而把小魚乾死了！

那天魚放到水盆中去洗的時候，有兩條又活了，在水中立起身來，那麼只用那三條死的來燒菜。魚鱗一片一片的掀掉，沉到水盆底去，肚子剝開，腸子流出來。我只管掀掉魚鱗，我還沒有洗過魚，這是試着幹，所以有點害怕，並且冰涼的魚的身子我總會聯想到蛇，剝魚肚子，我更不敢了。郎華剝着，我就在旁邊看，然而看也有點躲躲閃閃，好像鄉下沒有教養的孩子怕着已死的貓會還魂一般地。

『你看你這個無用的，連魚都怕。』說着，他把已經收拾乾淨的魚放下，又剝第二個魚肚子。這回魚有點動，我連忙扯了他的肩膀一下：『魚活啦，魚活啦！』

『什麼活啦！神經質的人，你就看着好啦！』他爭强一般在魚肚子上劃了一刀，魚立刻跳動起來，從手上跳下水盆去。

『怎麼辦哪？』這回他向我說了。我也不知道怎麼辦。他從水中摸出來看看，好像魚會咬了他的手，馬上又丟下水去。魚的腸子流在外面一半，魚是死了。

『反正也是死啦，那就吃了它。』

魚再被拿到手上一些也不動彈。他又安然的把它收拾乾淨。直到第三條魚收拾完，我都是守候在旁邊，怕看，又想看。第三條魚是完全死的，沒有動。盆中更小的一條很活潑了，要在盆中轉圈。另一條怕是要死，立起不多時又橫在水面。

大爐的鐵板熱起來，我的臉感覺烤痛時，鍋中的油翻着花。魚就在大爐台的菜板上，就要放到油鍋裏去。我跑到二層門去拿油瓶，聽得廚房裏有什麼東西跳起來，噼噼拍拍的。他也來看。盆中的魚仍在游着，那麼菜板上的魚活了，沒有肚子的魚活了，尾巴仍打得菜板很響。

這時我不知該怎麼樣做，我怕看那悲慘的東西躲到門口，我想：不吃這魚吧。然而牠已經沒有肚子了，可怎樣再活？我的眼淚都跑上眼睛來，再不能看了。我轉過身去面向着窗子窗外的小狗正在追逐那紅毛雞，房東的使女小菊挨過打以後到牆根處去哭……

這是兇殘的世界，失去了人性的世界，用暴力燬滅了它吧！燬滅了這些失去了人性的東西！

晚飯的魚是吃的，可是很腥，我們吃得很少，全部丟到垃圾箱去。剩下來兩條活的就在盆裏游泳，夜間睡醒時聽見廚房裏有乓乓的水聲。點起洋燭去看一下。可是我不敢去，叫郎華去看。

『盆裏的魚死了一條，另一條魚在游水響……』

到早晨用報紙把它包起來丟到垃圾箱去。只剩一條在水中上下游着，又爲它換了一盆水，早飯時又丟了一些飯粒給它。

小魚兩天都是快活的，到第三天憂鬱起來，看了幾次它都是沉到盆底。

『小魚都不吃食啦，大概要死吧？』我告訴郎華。

他敲一下盆沿，小魚走動兩步，再敲一下，再走動兩步……不敲，它就不走，它就沉下去。

又過一天，小魚的尾巴也不搖了，就是敲盆沿，它也不動一動尾巴。

『把牠送到江裏一定能好，不會死。它一定是感到不自由才憂愁起來！』

『怎麼送呢？大江還沒有開凍，就是能找到一個冰洞把它塞下去，我看也要凍死，再不然也要餓死。』我說。

郎華笑了。他說我像玩鳥的人一樣，把鳥放在籠子裏，給它米子吃，就說它沒有悲哀了，就說比在山裏好得多，不會凍死，不會餓死。

『有誰不愛自由呢？海洋愛自由，野獸愛自由，昆蟲也愛自由。』郎華又敲了一下水盆。

小魚只悲哀了兩天，又暢快起來，尾巴打着水響。我每天在大爐旁邊燒飯，一邊看着它，好像生過病又好起來的自己的孩子似的，更珍貴一點，更愛惜一點，天眞太冷，打算過了冷天就把它放到江裏去。

我們每夜到朋友那裏去玩，小魚就自己在廚房裏過個整夜。它什麼也不知道，它也不怕貓會把它攫了去，它也不怕耗子會使它驚跳。我們半夜回來也要看看它，總是安安然然的游着。家裏沒有貓，所以知道沒有危險。

又一天就在朋友那裏過的夜，終夜是跳舞，唱戲。明天晚上才回來，時間太長了，我們的小魚死了！

第一步踏進門的是郎華，差一點沒踏碎那小魚。點起洋燭去看，還有一點呼吸，腮還輕輕抽着。我去摸它身上的鱗，都乾了。小魚是什麼時候跳出水的？是半夜？是黃昏？耗子驚了你，還是你聽到了貓叫？

蠟油滴了滿地，我舉着蠟燭的手，不知歪斜到什麼程度。

屏着呼吸，我把魚從地板上拾起來，再慢慢把它送到水裏，好像親手讓我完成一件喪儀。沉重的悲哀壓住了我的頭，寒顫了我的手。

短命的小魚死了！是誰把你摧殘死的？你還那樣幼小，來到世界——說你來到魚羣吧，在魚羣中你還是幼芽一般正應該生長的，可是你死了！

郎華出去了，把空漠的屋子留給我。他囘來時正在開門，我就趕上去說：『小魚沒死，小魚又活啦！』我一面拍着手，眼淚就要流出來。我到桌子上去取蠟燭。他敲着盆沿，沒有動，魚又不動了。

『怎麼又不會動了？』手到水裏去把魚立起來，可是它又橫過去。

『站起來吧。你看蠟油啊！……』他拉我離開盆邊。

小魚這囘是眞死了！可是過一會又活了。這囘我們相信小魚絕對不會死，離開水的時間太長，復一復原就會好的。

半夜郎華起來看，說它一點也不動了，但是不怕，那一定是又在休息。我招呼郎華不要動牠，小魚在養病，不要攪擾它。

亮天看它還在休息，吃過早飯看它還在休息。又把飯粒丟到盆中。我的脚踏起地板來也放輕些，只怕把它驚醒，我說小魚是在睡覺。

這睡覺就再沒有醒。我用報紙包它起來，魚鱗沁着血，一隻眼睛一定是在地板上掙跳時弄破的。

就這樣吧，我送它到垃圾箱去。

幾個歡快的日子

人們跳着舞，「牽牛房」那一些人們每夜跳舞。過舊年那夜，他們就在茶桌上擺起大紅蠟燭，他們模倣着供財神，拜祖宗，靈秋穿起紫紅綢袍，黃馬褂，腰中配着黃腰帶，他第一個跪到神桌前，老桐又是他那一套，穿起靈秋太太瘦小的旗袍，長短到膝蓋以上，大紅的臉，腦後又是用紅布包起掃箒把柄樣的東西，他跑到靈秋旁邊，他們倆是一致的，每磕一下頭，口裏就自己喊一聲口號：一、二、三……不倒翁一樣不能自主的倒下又起來。後來就在地板上烘起火來，說是過年都是燒紙的……這套把戲玩得熟了，慣了！不是過年也每天來這一套，人們看得厭了！對於這事冷淡下來，沒有人去大笑，於是又變一套把戲：捉迷藏。

客廳是個捉迷藏的地盤，四下竄走，桌子底下蹲着人，椅子倒過來叩在頭上頂着跑，電燈泡碎了一個。蒙住眼睛的人受着大家的玩戲，在那昏庸的頭上摸一下，在那分張的兩手上打一下，有各種各樣的叫聲，蛤蟆叫，狗叫，豬叫，還有人在裝哭。要想捉住一個很不容易，從客廳的四個門，會跑到那些小屋去，有時瞎子就摸到小屋去，從後門扯出一個來，也有時誤捉了靈秋的小孩。雖然說不准向小屋跑，但總是跑後一次瞎子摸到王女士的門扇。

『那門不好進去。』有人要告訴他。

『看着，看着，不要吵嚷！』又有人說。

全屋靜下來，人們覺得有什麼奇蹟要發生。瞎人的手接觸到門扇，他觸到門上的銅環，響，眼看他就要進去把王女士捉出來，每人心裏都想着：這個看他怎樣捉啊！

『誰！？誰呀，誰請進來！』跟着很脆的聲音開門來迎接客人了！以爲她的朋友來訪她。

小浪一般衝過去的笑聲，使摸門的人臉上的罩布脫掉了，紅了臉。王女士笑着關了門。

玩得厭了！大家就坐下來喝茶，不知從什麼時候說上又拉到正經問題上去。於是「做人」一這個問題使大家都興奮起來。

——怎樣是「人」，「人」怎樣不是「人？」

『沒有感情的人不是人。』

『沒有勇氣的人不是人。』

『冷血動物不是人。』

『殘忍的人不是人。』

『有人性的人才是人。』

『…………………………』

每個人都會規定怎樣做人。有的人他要說出兩種不同做人的標準。起首是坐着說，後來站起來說，有的也要跳起來說。

『人是情感的動物，沒有情感就不能生出同情，沒有同情那就是自私，爲己……結果是互相殺害，那就不是人。』那人的眼睛張得很圓，表示他的理由充足。表示他把人的定義下得準確。

『你說的不對，什麼同情不同情，就沒有同情，中國人就是冷血動物，中國人就不是人。』第一個又站起來，這個人他不常說話，偶然說一句，使人很注意。

說完了，他自己先紅了臉，他是山東人，老桐學着他的山東調：

『老猛（孟），你使（是）人不使人？』

許多人愛和老孟開玩笑，因爲他老實，人們說他像個大姑娘。

「浪漫詩人」是老桐的綽號，他好喝酒，讓他做詩不用筆就能一套連着一套，連想也不用想一下。他看到什麼就給什麼做個詩朋友來了他也做詩：

『哪哪哪，敲門聲，呀！何人來了？』

總之就是貓和狗打架，你若問他，他也有詩，他不喜歡談論什麼人啦！社會啦！他躲開正在爲了「人」而吵吵的茶桌，摸到一本唐詩在讀：

『——昨日之……日不可留……今日之日……多……煩……憂』讀得有腔有調，他用意就在打攪吵叫的一羣。郎華正在高叫着：

『不剝削人，不被人剝削的就是人。』

老桐讀詩也感到無味。

『走走啊！我們喝酒去。』

他看一看只有靈秋同意他，所以他又說：

『走，走，喝酒去。我請客……』

客也請完了！差不多都是醉着回來。郎華反反復復的唱着半段歌，是維特別離綠蒂的故事，人人喜歡聽，也學着唱。

聽到哭聲了！正像綠蒂一般年青的姑娘被歌聲引動着，那能不哭？是誰哭？就是王女士，單身的男人在客廳中也被引動了，倒不是被歌聲引動而是被那少女的明脆而好聽的哭聲所引動非在地心不住打着轉。尤其是老桐，他貪婪的耳朵幾乎豎起來，脖子一定更長了一點，他到門邊去聽……他故意說：

『哭什麽？眞沒意思！』

其實老桐感到很有意思，所以他聽了又聽，說了又說：『沒意思。』

不到幾天老桐和那女士戀愛了！那女士也和大家熟識了！也到客廳來和大家一道跳舞，從那時起老桐的胡鬧也是高等的胡鬧了！

在王女士面前他恥於再把紅布包在頭上，當靈秋叫他去跳滑稽舞的時候，他說：

『我不跳啦！』一點興致也不表示。

等王女士從箱子裏把粉紅色的面紗取出來：

『誰來當小姑娘，我給他化裝。』

『我來，我……我來……』老桐他怎能像個小姑娘？他像個長頸鹿似的跑過去。

他自己覺得很好的樣子，雖然是胡鬧，也總算是高等的胡鬧。頭上頂着面紗，規規矩矩地平平靜靜的在地板上動着步。但給人的感覺無異於他腦後的顫動着紅掃箒柄的感覺。

別的單身漢，就開始羨慕幸福的老桐。可是老桐的幸福還沒十分摸到，那女士已經和別人戀愛了！

所以「浪漫詩人」就開始做詩。正是這時候他失一次盜；丟掉他的毛毯，所以他就做詩「哭毛毯」。「哭毛毯」的詩做得很多，過幾天來一套，過幾天來一套。朋友們看到他就問：

『你的毛毯哭得怎樣了？』

女教師

一個初中學生，拿着書本來到家裏上課，郎華一大聲開講，我就躲到廚房裏去。第二天那個學生又來就沒拿書他說他父親不許他讀白話文，打算讓他做商人，說白話文沒有用，讀古文他父親供給學費，讀白話文他父親就不管。

最後他從口袋摸出一張一元票子給郎華。

『很對不起先生，我讀一天書，就給一元錢吧！』那學生很難過的樣子，他說他不願意學買賣手拿着錢，他要哭似的。

郎華和我同時覺得很不好過，臨走時强迫把他的錢給他裝進衣袋。

郎華的兩個讀中學課本的學生也不讀了！

他實在不善於這行業，到現在我們的生命線又斷盡。胖朋友剛搬過家，我就拿了一張郎華寫的條子到他家去，回來時我是帶着米，麵，木柈，還有幾角錢。

我限睛不住的釘住那馬車，怕那車夫拉了木柈跑掉。所以我手下提着用紙盒盛着的米，爲了我在快走而震搖着，又怕小麵袋從車上翻下來，趕忙跑到車前去弄一弄。

聽見馬的鈴鐺響，郎華才出來！這一些東西很使他歡樂，親切的把小麵袋先拿進屋去。他穿着很單的衣裳就在窗前擺堆着木柈。

『進來暖一暖再出去……凍着！』可是招呼不住他，始終擺完才進來。

『天眞夠冷。』他用手扯住很紅的耳朶。

他又呵着氣跑出去，他想把火爐點着，這是他第一次點火。

『柈子眞不少，夠燒五六天啦！米麵也夠吃五六天，又不怕啦！』

他弄着火，我就洗米燒飯。他又說了一些看見米麵時特有高興的話，我簡直沒理他。

米麵就這樣早飯晚飯的又快不見了，這就到我做女教師的時候了！

我也把桌子上鋪了一塊報紙，開講的時候也是很大的聲，郎華一看，我就要笑，他也是常常躲到廚房去，我的女學生，她讀小學課本什麼豬啦！羊啦！狗啦！這一類字都不用我教她，她搶着自己念：『我認識，我認識！』

不管在什麼地方碰到她認識的字，她就先一個一個念出來，不讓她念也不行，因爲她比我的歲數還大，我總有點不好意思。

她先拿給我五元錢，並說：

『過幾天我再交那五元。』

四五天她沒有來，以爲她不會再來了。那天我正在燒晚飯，她跑來。她說她這幾天生病，我看她不像生病，那麼她又來做什麼呢？過了好久，她站在我的身邊：

『先生，我有點事求求你！』

『什麼事？說吧——』我把葱花加到油裏去炸。

她的紙單在手心握得很熱，交給我；這是藥方嗎？信嗎？都不是。

借着爐台上那個流着油的小蠟燭看，看不清，怕是再點兩隻蠟燭我也看不清，因爲我不認識那樣的字。

『這是易經上的字！』郎華看了好些時才說。

『我批了個八字，找了好些人也看不懂，我想先生是很有學問的人，我拿來給先生看看。』

這次她走去，再也沒有來，大概她覺得這樣的先生教不了她，連個「八字」也說不出所以然來！

春意掛上了樹梢

三月，花還沒有開，人們嗅不到花香，只是馬路上溶化了積雪的泥濘乾起來。天空打起朦朧的多有春意的雲彩；暖風和輕紗一般浮動在街道上，院宇裏。春末了，關外的人們才知道春來。春是來了，街頭的白楊樹穿着芽，拖馬車的馬冒着氣，馬車夫們的大氈靴也不見了，行人道上外國女人的脚又從長筒套鞋裏顯現出來。笑聲，見面打招呼聲，又復活在行人道上。商店爲着快快的傳佈春天的感覺，飾窗裏的花已經開了，草也綠了，那是佈置着公園的夏景。我看得很凝神的時候有人撞了我一下，是汪林，她也戴着那樣小沿的帽子。

『天眞暖啦！走路都有點熱。』

看着她轉過「商市街，」我們才來到另一家店鋪，並不是買什麼，只是看看，同時晒晒太陽。這樣好的行人道，有樹，也有椅子，坐在椅子上把眼睛閉起，一切春的夢，春的謎，春的暖力……這一切把自己完全陷進去。

聽着，聽着吧！春在歌唱……

『大爺大奶奶……幫幫吧……』這是什麼歌呢？從背後來的？這不是春天的歌吧！

那個叫化子嘴裏吃着個爛梨，一條腿和一隻腳腫得把另一隻顯得好像不存在似的。

『我的腿凍壞拉！大爺幫幫吧！唉唉……』

有誰還記得冬天？陽光這樣暖了！街樹穿着芽！

手風琴在隔道唱起來，這也不是春天的調子，只要一看到那個瞎人爲着拉琴而扭歪的頭，就覺得很殘忍。瞎人他摸不到春天，他沒有眼睛。壞了腿的人他走不到春天，他有腿也等於無腿。世界上這一些不幸的人存在着也等於不存在，倒不如趕早把他們消滅掉，免得在春天他們會唱這樣難聽的歌。

汪林在院心吸着一枝烟捲，她又換一套衣裳，那是淡綠色的，和樹枝發出的芽一樣的顏色。她腋下挾着一封信，看見我們，趕忙把信送進衣袋去。

『大概又是情書吧！』郎華隨便說着玩笑話。

她跑進屋去了。香烟的煙縷在門外打了一下旋捲才消滅。

夜，春夜，中央大街充滿了音樂的夜。流浪人的音樂，日本舞場的音樂，外國飯店的音樂……

七點鐘以後。中央大街的中段，在一條橫口，那個很響的播音機哇哇的叫起來，這歌聲差不多響徹全街。若站在商店的玻璃窗前，會疑心是從玻璃發着震響。一條完全在風雪裏寂寞的大街，今天第一次又號叫起來。

外國人！紳士樣的，流氓樣的，老婆子，少女們，跑了滿街……有的連起人排來封閉住商店的窗子，但這只限于年青人。也有的同唱機一樣唱起來，但這也只限于年青人。這好像特有的，年青人的集會他們和姑娘們一道說笑，和姑娘們連起排來走。中國人來混在這些捲髮人中間少得只有七分之一，或八分之一。但是汪林在其中，我們又遇到她。她和另一個，也和她同樣打扮得漂亮的，白臉的女人同走……捲髮的人用俄國話說她漂亮，她也用俄國話和他們笑了一陣。

中央大街的南端，人漸漸稀疏了。

牆根，轉角，都發現着哀哭，老頭子，孩子，母親們……哀哭着的是永久被人間遺棄的人們！

那邊，還望得見那邊快樂的人羣。還聽得見那邊快樂的聲音。

三月花還沒有開，人們嗅不到花香。

夜的街，樹枝上嫩綠的芽子看不見，是冬天吧？是秋天吧？但快樂的人們不問四季總是快樂，哀哭的人們不問四季也總是哀哭！

小偷車夫和老頭

木柈車在石路上發着隆隆的重響。出了木柈場，這滿車的木柈使老馬拉得吃力了！但不能滿足我，大木柈堆對於這一車木柈直像在牛背上拔了一顆毛，我好像嫌這柈子太少。

『丟了兩塊木柈哩！小偷來搶的，沒看見？要好好看着，小偷常偷柈子……十塊八塊也能丟。』

我被車夫提醒了！覺得一塊木柈也不該丟，木柈對我才恢復了牠的重要性。小偷眼睛發着光又來搶時，車夫在招呼我們：

『來了啊！又來啦！』

郎華招呼一聲，那豎着頭髮的人跑了！

『這些東西頂沒有臉，拉兩塊就得啦吧！貪多不厭，把這一車都送給你好不好？——！……』打着鞭子的車夫反復的在說那個小偷的壞話，說他貪多不厭。

在院心把木柈一塊塊推下車來，那還沒有推完車夫就不再動手了！把車錢給了他，他才說：『先生，這兩塊給我吧！拉家去好烘烘火，孩子小，屋子又冷。』

『好吧！你拉走吧！』我看一看那是五塊頂大的他留在車上。

這時候他又彎下腰去，弄一些碎的，把一些木皮揚上車去，而後拉起馬來走了。但他對他自己並沒說貪多不厭，別的壞話也沒說，跑出大門道去了。

只要有木柈車進院，鐵門欄外就有人向院裏看着，望：『柈子拉（鋸）不拉？』

那些人帶着鋸，有兩個老頭也巴着門扇。

這些，柈子就講妥歸兩個老頭來鋸，老頭有了工作在眼前，才對那個伙伴說：

『吃點麽？』

我去買給他們麵包吃。

拌子拉完又送到拌子房去。整個下午我不能安定下來，好像我從未見過木柈木柈給我這樣的大歡喜，使我坐也不定，一會跑出去看看最末老頭子把院子也掃得乾乾淨淨的了！這時候我給他工錢。

我先用碎木皮來烘着火，夜晚在三月裏也是冷一點，玻璃窗上掛着蒸氣。沒有燃燈，爐火顆顆星星的發着爆炸，爐門打開着，火光照紅我的臉，我感到例外的安甯。

我又到窗外去拾木皮，我吃驚了！老頭子的斧子和鋸都背好在肩上，另一個背着架柈子的木架，可是他們還沒有走，這許多的時候，爲什麼不走呢？

『太太，多給了錢吧？』

『怎麼多給的！不多，七角五分不是嗎？』

『太太吃麵包錢沒有扣去！』那幾角工錢，老頭子並沒放入衣袋，仍呈在他的手上，他借着離得很遠的門燈在考察錢數。

我說：『吃麵包不要錢，拿着走吧！』

『謝謝，太太。』感恩似的他們轉過身去走了，覺得吃麵包是我的恩情。

我愧得立刻心上燒起來，望着那兩個背影停了好久，羞恨的眼淚就要流出來。已經是祖父的年紀了，吃塊麵包還要感恩嗎？

公園

樹葉搖搖曳曳的掛滿了池邊。一個半胖的人走在橋上，他是一個報社的編輯。

『你們來多久啦？』他一看到我們兩個在長石凳上就說。『多幸福、像你們多幸福，兩個人逛逛公園……』

『坐在這裏吧，』郎華招呼他。

我很快的讓一個位置，但他沒有坐，他的鞋底無意的踢撞着石子，身邊的樹葉讓他扯掉兩片。他更煩惱了，比前些日子看見他更有點兩樣。

『你忙嗎？稿子多不多？』

『忙什麼！一天到晚就是那一點事，發下稿子去就完，連大樣子也不看。忙什麼，忙着幻想！』

『幻想什麼？……這幾天有信嗎？』郎華問他。

『什麼信！那……一點意思也沒有，戀愛對于膽小的人是一種刑罰。』

讓他坐下，他故意不坐下，沒有人讓他他自己會坐下。于是他又用手拔着脚下的短草。他滿臉似乎蒙着灰色。

『要戀愛，那就太大方方的戀愛，何必受罪？』郎華搖一下頭。

一個小信封，小得有些神祕意味的，從他的口袋裏拔出來，拔着蝴蝶或是什麼會飛的蟲兒一樣，他要把那信給郎華看，結果只是他自己把頭歪了歪，那信又放進了衣袋。

『愛情是苦的呢，是甜的？我還沒有愛她，對不對？家裏來信說我母親死了那天，我失眠了一夜，可是第二天就恢復了。為什麼她……她使我不安會整天，整夜？才通信兩個禮拜，我覺得我的頭髮也脫落了不少，嘴上的小鬍也增多了。』

當我們站起要離開公園時，又來一個熟人：『我煩憂啊！我煩憂啊！』像唱着一般說。

我和郎華踏上木橋了，回頭望時，那小樹叢中的人影也像對那個新來的人說：

『我煩憂啊！我煩憂啊！』

我每天早晨看報先看文藝欄，這一天有編者的說話：

——摩登女子的口紅，我看正相同於「血」，資產階級的小姐們怎樣活着的？不是吃血活着嗎？不能否認，那是個鮮明的標記。人塗着人的「血」在嘴上，那是汚濁的嘴，嘴上帶着血腥和血色，那是汚濁的標記。

我心中很佩服他，因爲他來得很乾脆。我一面讀報一面走到院子裏去，晒一晒清晨的太陽。汪林也在讀報。

『汪林，起得很早！』

『你看，這一段，什麼小姐不小姐，「血」不「血」的！這駡的是誰！』

那天郎華把他做編輯的朋友領到家裏來，是帶着酒和菜回來的，郎華說他朋友的女友到別處去進大學了。于是喝酒，我是幫閒喝郎華是勸朋友。至于被勸的那個朋友呢？他嘴裏哼着京調，哼得很難聽。

和我們的窗子相對的是汪林的窗子。裏面胡琴響了。那是汪林拉的胡琴。

天氣開始熱了，趁着太陽還沒走到正空，汪林在窗下長凳上洗衣服。

編輯朋友來了，郎華不在家，他就在院心裏來回走轉，可是郎華還沒有回來。

『自己洗衣服，很熱吧！』

『自己洗得乾淨。』汪林手裏拿着肥皂答他。

郎華還不回來，他走了。

夏夜

汪林在院心坐了很長的時間了。小狗在她的脚下打着滾睡。

『你怎麼樣？我胳臂疼。』

『你要小點聲說，我媽會聽見。』

我抬頭看，她的母親在紗窗裏邊，于是我們轉了話題。在江上搖船到「太陽島」去洗澡，這些事她是背着她的母親的。

第二天她又是去洗澡。我們三個人租一條小船在江上蕩着。淸涼的，水的氣味。郎華和我都唱起來了。汪林的嗓子比我們更高。小船浮得飛起來一般地。

夜晚又是在院心乘涼，我的胳臂爲着搖船而痛了，頭也覺得發脹。我不能再聽那一些話感到趣味。什麼戀愛啦，誰的未婚夫怎樣啦，某某同學結婚，跳舞……我什麼也不聽了，只是想睡。

『你們談吧。我可非睡覺不可，』我向她和郎華告辭。

睡在我腳下的小狗，我誤踏了它，小狗還在哽哽的叫着，我就關了門。

最熱的幾天，差不多天天去洗澡，所以夜夜我早早睡。郎華和汪林就留在暗夜的院字裏。

只要接近着牀，我什麼全忘了。汪林那紅色的嘴，那少女的煩悶……夜夜我不知道郎華什麼時候回屋來睡覺。就這樣，我不知過了幾天了。

『她對我要好，眞是——少女們』

『誰呢？』

『那你還不知道！』

『我還不知道。』我其實知道。

很窮的家庭敎師。那樣好看的有錢的女人竟向他要好了。

『我坦白的對她說了：我們不能夠相愛的，一方面有吟，一方面我們彼此相差得太遠……你沉靜點吧……』他告訴我。

又要到江上去搖船。那天又多了三個人。汪林也在內。一共是六個人：陳成和他的女人。郎華和我。汪林。還有那個編輯朋友。

停在江邊的那一些小船動蕩得落葉似的。我們四個跳上了一條船，當然把汪林和半胖的人丟下。他們兩個就站在石堤上。本來是很生疏的，因爲都是一對一對的，所以我們故意要看他們兩個也配成一對。我們的船離岸很遠了。

『你們壞呀！你們壞呀！』汪林仍叫着，

爲什麼罵我們壞呢？那人不是她一個很好的小水手嗎？爲她蕩着槳，有什麼不願意嗎？也許汪林和我的感情最好，也許她最願意和我同船。船蕩得那麼遠了，一切江岸上的聲音都已隔絕，江沿上的人影也消滅了輪廓。

水聲，浪聲，郎華和陳成混合着江聲在唱。遠遠近近的那一些女人的陽傘，這一些船，這一些幸福的船呀！滿江上是幸福的船，滿江上是幸福了！人間，岸上沒有罪惡了罷！

再也聽不到汪林的喊。他們的船是脫開離我們很遠了。郎華故意把槳打起的水星落到我的臉上。船越行越慢，但郎華和陳成流起汗來。槳板打到江心的沙灘了，小船就要擱淺在沙灘上。這兩個勇敢的大魚似的跳下水去，在大江上挽着船行。

一入了灣，把船任意停在什麼地方都可以。

我浮水是這樣浮的：把頭昂在水外，我也移動着，看起像是在浮，其實手卻抓着江底的泥沙，鱷魚一樣，四條腿一起爬着浮。

那隻船到來時，聽着汪林在叫。很快她脫了衣裳也和我一樣抓着江底在爬，但她是快樂的，爬得很有意思。

在沙灘上滾着的時候，居然很熟識了，她把傘打起來，給她同船的人遮着太陽，她保護着他。陳成揚着沙子飛向他去：『陵，着鏢吧！』

汪林和陵站了一隊用沙子反攻。

我們的船出了灣已行在江上時，他們兩個仍在沙灘上走着。

『你們先走吧看我們誰先上岸，』汪林說。

太陽的熱力在江面上開始減低，船是順水行下去的。他們還沒有來，看過多少隻船，看過多少柄陽傘，然而沒有汪林的陽傘。太陽西沈時，江風很大了，浪也很高，我們有點躭心那隻船。李說那隻船是「迷船」。

四個人在岸上就等着這「迷船」，意想不到的是他們繞着彎子從上游來的。汪林不罵我們是壞人了，風吹着她的頭髮，那興奮的樣子，這次搖船好像她比我們得到的快樂更大更多……

早晨再看報時，編輯居然做詩了。大概就是這樣的意思：願意風把船吹翻，願意和美人一起沉下江去……

讓我這樣一說，就沒有詩意了。總之可不是前幾天那樣的話，什麼摩登女子吃「血」活着啦，小姐們的嘴是吃「血」的嘴啦……總之可不是那一套，這套比那套文雅得多，這套說摩登女子是天仙，那套說摩登女子是惡魔。

汪林和郎華在夜間也不那麼談話了。陵編輯一來，她就到我們屋裏來，因此陵到我們家來的次數多多了。

『今天早點走……多玩一會，你們在街角等我。』這樣的話汪林再不向我們說了。她用不到約我們去「太陽島」了。

陵伴着這吃人血的女子在街上走，在電影院裏，會他也不怕她會吃他的血，還說什麼怕呢，常常在那紅色的嘴上接吻，正因爲她的嘴和血一樣紅才可愛。

罵小姐們是惡魔是羨慕的意思，是伸手去攫取怕她逃避的意思。

在街上，汪林的高跟鞋，陵的亮皮鞋，咯釘咯釘諧和的響着了。

家庭教師是强盗

有個人影有窗子上閃了一下，接着敲了兩下窗子，那是汪林的父親。

什麽事情？郎華去了好長時間沒回來，半個鐘頭還沒回來！

我拉開門，午覺還沒睡醒的樣子，一面揉着眼睛一面走出門去，汪林的二姐，面孔白得那樣怕人，坐在門前的木台上，林禽（狗名）在院心亂跑，使那坐在木台的白面孔十分生氣，她大聲想叫住牠。汪林也出來了！嘴上的紙煙冒着煙，但沒有和我打招呼，也坐在木台上，使女小菊在院心走路也很規矩的樣子。

我站在她家客廳窗下，聽着郎華在裏面不住的說話，看不到人。白紗窗簾罩得很周密，我站在那裏不動，……日本人吧！有什麽事要發生吧！可是裏面沒有日本人說話，我並不去問那很不好看的臉色的他們。

爲着印册子而來的恐怖吧？沒經過檢查的小說册被日本人曉得了吧！

『接到一封黑信，說他老師要綁汪玉祥的票。』

我點了點頭。再到窗下去聽時，裏面的聲音更聽不淸了。

『三小姐，開飯啦！』小菊叫她們吃飯。那孩子很留心看我一遍。

過了三四天汪玉祥被姐姐們看管着不敢到大門口去。

家庭敎師眞是有點像個强盜，誰能保準不是强盜？領子不打領結，沒有更多的，祇是一件外套，冬天，秋天，春天都穿夾外套。

不知有半月或更多的日子汪玉祥連我們的窗下都不敢來，他家的大人一定告訴他：

『你老師是個不詳細的人……』

册 子

永久不安定下來的洋燭的火光使眼睛痛了。抄寫，抄寫……

『幾千字了？』

『才三千多。』

『手不疼嗎？休息休息吧。別弄壞了眼睛。』郎華打着伸欠到牀邊，兩隻手相交着依在頭後，背脊靠着鐵牀的鋼骨。我還沒停下來，筆尖在紙上作出響聲……

紗窗外陣陣起着狗叫，很響的皮鞋，人們的脚步從大門道來近。不自禁的恐怖落在我的心上。

『誰來了，你出去看看。』

郎華開了門，李和陳成進來。他們是劇團的同志，帶來的一定是劇本。我沒接過來看，讓他們隨便坐在牀邊。

『你真忙，又在寫什麽？』

『沒有寫，抄一點什麽。』我又拿起筆來抄。

他們的談話我一句半句的聽到一點，我的神經開始不能統一，時時寫出錯字來，或是丟掉字，或是寫重字。

蚊蟲啄着我的脚面。後來在燈下作着陣，我才放下不寫。

呵呀呀，蚊蟲滿屋了！門扇仍大開着。一個小狗嵬溜走進來，又捲着尾巴跑出去。關起門來，蚊蟲仍是飛……我用手搔着作癢的耳邊，搔着腿和脚……手指的骨節搔得腫脹起來，這些中了蚊毒的地方，使我已經發酸的手腕不得不停下。我的嘴唇腫得很高，脹邊也感到發熱和緊漲。這裏搔搔，那裏搔搔，我的手感到不夠用了。

『冊子怎麽樣啦？』李的煙捲在嘴上冒烟。

『只剩這一篇。』郎華回答。

『封面是什麼樣子?』

『就是等着封面呢……』

第二天我也跟着跑到印刷局去，使我特別高興，摺得很整齊的一帖一帖的都是要完成的冊子，比兒時母親爲我製一件新衣裳更覺歡喜。……我又到排鉛字的工人旁邊，他手下按住的正是一個題目，很大的鉛字，方的，帶來無限的感情，那正是我的那篇夜風。

那天預先吃了一頓外國包子，郎華說他爲着冊子來敬祝我，所以到櫃台前叫那人倒了兩小盃「哦特克」酒，我說這是爲着冊子敬祝他。

被大歡喜追逐着，我們變成孩子了！走進公園，在大樹下乘了一刻涼，覺得公園是滿足的地方。望着樹梢頂邊的天。外國孩子們在地面弄着沙土。因爲還是上午，遊園的人不多。日本女人撐着傘走。賣「冰淇淩」的小板房裏洗刷着盃子。我忽然覺得渴了。但那一排排的，透明的汽水瓶子並不引誘我們。我還沒有養成那樣的習慣，在公園還沒喝過一次那樣東西。

『我們回家去喝水吧。』只有回家去喝冷水，家裏的冷水才不要錢。

拉開第一扇門，大草帽被震落下來。喝完了水，我提議戴上大草帽到江邊走走。

赤着脚，郎華穿的是短褲，我穿的是小短裙子，向江邊出發了。

兩個人漁翁似的，時時在沿街玻璃窗上反映着。

『划小船吧，多們好的天氣！』到了江邊我又提議。

『就剩兩角錢……但也可以划，都花了吧！』

擇一個船底舖着青草的有兩副槳的船。和船夫說明，一點鐘一角五分。並沒打算洗澡，連洗澡的衣裳也沒有穿。船夫給推開了船，我們向江心去了。兩副槳翻着，順水下流，好像江岸在退走。我們不是故意去尋任意遇到了一個沙洲，有兩方丈的沙灘突出江心，郎華勇敢的先跳上沙灘，我膽怯，遲疑着，怕沙洲會沉下江底。

最後洗澡了，就在沙洲上脫掉衣服。郎華是完全脫的。我看了看江沿洗衣人的面孔是辨不出的，那麼我借了船身的遮掩才爬下水底把衣服脫掉我時時靠近沙灘，怕水流把我帶走。江浪擊撞着船底，我拉住船板，頭在水上，身子在水裏，水光，天光，離開了人間一般地。當我躺在沙灘晒太陽時，從北面來了一隻小划船。我慌張起來，穿衣裳已經來不及，怎麼好呢？爬下水去吧！船走過，我又爬上來。

我穿好衣服。郎華還沒穿好。他找他的襯衫，他說他的襯衫洗完了就掛在船板上，結果找不到。遠處有白色的東西浮着，他想一定是他的襯衫了。划船去追白色的東西，那白東西走得很慢，那是一條魚，死掉的，白色的魚。

雖然去了襯衫並不感到可惜，郎華赤着膀子大嚷大笑的把魚捉上來，大概他覺得在江上能夠捉到魚是一件很有本領的事。

『晚飯就吃這條魚，你給煎煎它。』

『死魚不能吃的，大概臭了。』

他趕快把魚腮掀給我看。『你看，你看，這樣紅就會臭的？』

直到上岸，他才静下去。

『我怎麼辦呢！光着膀子，在中央大街上可怎樣走？』他完全靜下去了，大概這時候忘了他的魚。

我跑到家去拿了衣裳回來，滿頭流着汗，可是他在江沿和碼頭夫們在一起喝茶了。在那個傘樣的布棚下吹着江風，他第一句和我說的話想來是『你熱吧？』

但他不是問我，他先問魚：『你把魚放在那裏啦？用涼水泡上沒有？』

『五分錢給我！』我要買醋，煎魚要用醋的。

『一個銅板也沒剩，我喝了茶，你不知道？』

被大歡喜追逐着的兩個人把所有的錢用掉，把襯衣丟到大江，換得一條死魚。

等到吃魚的時候郎華又說：『爲着冊子我請你吃魚。』

這是我們創作的一個階段，最前的一個階段，冊子就是劃分這個階段的東西。

八月十四日，家家準備着過節的那天。我們到印刷局去，自己開始裝釘，裝釘了一整天郎華用拳頭打着背，我也感到背痛。

於是郎華跑出去叫來一部斗車，一百本冊子提上車去，就在夕陽中馬蹄子上顫動着很響的鈴子走在回家的道上。

家裏地板上擺着冊子，朋友們手裏拿着冊子，談論也是冊子。同時關於冊子出了謠言：沒收啦！日本憲兵隊要逮捕啦！

逮捕可沒有逮捕，沒收是眞的。送到書店去的書，沒有幾天就被禁止發買。

冊子帶來了恐怖，黃昏時候，我們排完了劇，和劇團那些人出了民衆教育館，恐怖使我對於家有點不安。街燈亮起來，進院那些人跟在我們後面。門扇窗子和每日一樣安然的關着，我十分放心，知道家中沒有來過什麽惡物。

失望了，開門的鑰匙由郎華帶着，於是大家就坐在窗下的樓梯口。李買的香瓜，大家就吃香瓜。

汪林照樣吸着烟，掀起紗窗帘來向我們這邊笑了笑。陳成把一個香瓜高舉起來。

『不要。』她搖頭，隔着玻璃窗說。

我一點趣味也感不到，一直到他們把公演的事情議論完，我想的事情還沒停下來。我願意他們快快走，我好收拾箱子，好像箱子裏面藏着什麼使我和郎華犯罪的東西。

那些人走了，郎華從牀底把箱子拉出來，洋燭立在地板上，我們開始收拾了。弄了滿地紙片，什麼犯罪的東西也沒有。但不敢自信，怕書頁裏邊夾着罵「滿洲國」的或是罵什麼的字跡，所以每冊書都翻了一遍。一切收拾好，箱子是空空洞洞的了。一張高爾基的照片，也把它燒掉。大火爐燒得烤痛人的面孔。我燒得很快，日本憲兵就要來捉人似的。

當我們坐下來喝茶的時候，當然是十分定心了，十分有把握了。一張吸墨紙我無意的玩弄着，我把腰挺得很直，很大方的樣子，我的心像被拉滿的弓放了下來，一般的鬆適。我細看紅鉛筆在吸墨紙上寫的字，那字正是犯法的字：

——小日本子，走狗，他媽的「滿洲國」……——

我連再看一遍也沒有看就送到火爐裏邊。

『吸墨紙啊？是吸墨紙！』郎華可惜得跺着腳。等他發覺那已開始燒起了：『那樣大一張吸墨紙你燒掉它，燒花眼了？什麼都燒，看你用什麼！』

他過於可惜那張吸墨紙。我看他那種樣子也很生氣。吸墨紙重要，還是拿生命去開玩笑重要？

『為着一個蝨子燒掉一件綿襖！』郎華罵我。『那你就不會把字翦掉？』

我那想得起來這樣做！眞傻，為着一塊瘡疤丟掉一個蘋果！

我們把「滿洲國」建國紀念明信片擺到桌上，那是朋友送給的，很厚的一打。還有兩本上面寫着「滿洲國」字樣的，不知是什麼書，連看也沒有看也擺起來。桌子上面很有意思：離騷，李後主詞，石達開日記，他當家庭教師用的小學算術教本，一本世界各國革命史也從桌子抽下去。郎華說那上面載着日本怎樣壓迫朝鮮的歷史，所以不能擺在外面。我一聽說有這種重要性，馬上就要去燒掉，我已經站起來了，郎華把我按下：『瘋了嗎？你瘋了嗎？』

我就一聲不響了，一直到滅了燈睡下，連呼吸也不能呼吸似的。在黑暗中我把眼睛張得很大。院中的狗叫聲也多起來。大門扇響得也利害了。總之，一切能發聲的東西都比平常發的聲音要高，平常不會響的東西也被我新發現着，棚頂發着響，洋瓦房蓋被風吹着也，響響響……

郎華按住我的胸口……我的不會說話的胸口。鐵大門震響了一下，我跳了一下。

『不要怕，我們有什麼呢？什麼也沒有。謠傳不要太認眞。他媽的，那天捉去那天算！睡吧，睡不足，明天要頭疼的……』

他按住我的胸口。好像給惡夢驚醒的孩子似的，心在母親的手下大跳着。

有一天，到一家影戲院去試劇，散散雜雜的這一些人從我們的小房出發。全體都到齊，只少了個徐志，他一次也沒有不到過，要試演他就不到，大家以爲他病了。

很大的舞臺，很漂亮的垂幕。我扮演的是一個老太婆的脚色，還要我哭，還要我生病。把四個椅子拼成一張牀，試一試倒下去，我的腰部觸得很疼。

・先試給影戲院老闆看的是郎華飾的小偷中的傑姆和李飾的律師夫人對話的那一幕。我是另外一個劇本，還沒挨到我，大家就退出影戲院了。

因爲條件不合，沒能公演。大家等待機會，同時每個人起着疑問：公演不成吧？

三個劇排了三個月，若說演不出總有點可惜。

『關於你們册子的風聲怎麽樣？』

『沒有什麽。怕狼，怕虎是不行的。這年頭只得碰上什麽算什麽……』郎華是剛强的。

白面孔

恐怖壓到劇團的頭上，陳成的白面孔在月光下更白了。這種白色感到事件的嚴重落過秋雨的街道，脚在街石上發着拔拔的聲音，李郎華我們四個人走過很長的一條街。李說：『徐志，我們那天去試演，他不是沒有到嗎？被捕一個禮拜了！我們還不知道——』

『不要說。在上街不要說』我撞動她的肩頭。

鬼祟的樣子，郎華和陳成一隊，我和李一隊。假如有人走在後面，還不等那人注意我，我就先注意他好像人人都知道我們這回事。街燈也變了顏色，其實我們沒有注意到街燈，只是緊張的走着。

李和陳成是來給我們報信，聽說劇團人老柏已經三天不敢回家，有密探等在他的門口，他在準備逃跑。

我們去找胖朋友，胖朋友又有什麽辦法？他說：『××科裏面的事情非常祕密，我不知道這事，我還沒有聽說。』他在屋裏轉着圈子。

回到家鎖了門，又在收拾書箱，明知道沒有什麽可收拾的，但本能的要收拾，後來也把那一些冊子從過道拿到後面柈子房去，看到冊子並不喜歡，反而感到累贅了！

老秦的面孔也白起來，那是在街上第二天遇見他。我們沒說什麽，因爲郎華早已通知他這事件。

沒有什麽辦法，逃，沒有路費，逃又逃到什麽地方去？不安定的生活從新又開始，從前是鬧着餓，剛能弄得飯吃，又鬧着恐怖。好像從來未遇過的惡的傳聞和事實都在這時來到：日本憲兵隊前夜捉去了誰，昨夜捉去了誰……聽昨天被捉去的人與劇團又有關係……

耳孔裏塞滿了這一些走在街上也是非常不安。在中央大街的中段竟有這樣突然的事情——郎華被一個很瘦的高個子在肩上捉了一下，就帶着他走了！轉彎走向橫街去，郎華也一聲不響的就跟他去，也好像莫名其妙的脫開我就跟他去……

……起先我的視線被電影院門前的人們遮斷，但我並不怎樣心跳，那人和郎華很密切的樣子，肩貼着肩，踱過來，但一點感情也沒有，又踱過去……………這次走了許多工夫就沒再轉回來，我想這是用的什麼計策吧？把他弄上了圈套。

結果不是要捉他，他那是他的一個熟人，多麼可笑的熟人呀！太突然了！神經衰弱的人會嚇出神經病來。——唉呀危險，你們劇團裏人捕去了兩個了——在大街上他竟弄出這樣一個奇特的樣子來，他不斷的說：『你們應該預備預備』。

『我預備什麼？怕也不成，遇上算，』郎華的肩連搖也不搖的說。

這幾天發生的事情極多。做編輯的朋友陵也跑掉了。汪林喝過酒的白面孔也出現在院心，她說她醉了一夜，她說陵前夜怎樣送她到家門，怎樣要去了她一把削瓜皮的小刀……她一面說着，一面幻想，臉孔是白的。好像不好的事情都一起發生，朋友們變了樣。汪林在院子裏走來走去也變了樣。

只失掉了劇員徐志，劇團的事就在恐怖中不再提起了。

又是冬天

窗前的大雪白絨一般，沒有停的在落，整天沒有停。我去年受凍的脚完全好起來，可是今年沒有凍，壁爐着得呼呼發響，時時起着木柈的小炸音，玻璃窗簡直就沒被冰霜蔽住，柈子不像去年擺在窗前，那是裝滿了柈子房的。

我們決定非回國不可，每次到書店去，一本雜誌也沒有，至於別的書那還是三年前擺在玻璃窗裏退了色的舊書。

非走不可，非走不可。

遇到朋友們我們就問：

『海上幾月裏浪小？海船是怎樣暈法……？』因爲我們都沒航過海，海船那樣大，在圖畫上看見也是害怕，所以一經過「萬國車票公司」的窗前必須要停住許多時候，要看窗子裏立着的大圖畫，我們計算着這海船有多麽高啊！都說海上無風三尺浪，我在玻璃上就用手去量，看海船有海浪的幾倍高？結果那太差遠了！海船的高度等於海浪的二十倍。我說海船六丈高。

『那有六丈？』郎華反對我，他又量量：『哼！可不是嗎！差不多……海浪三尺，船高是二十三尺。』

也有時因爲我反復着說：『有那麽高嗎？沒有吧！也許有！』

郎華聽了就生起氣了，因爲海船的事差不多在街上就吵架……

可是朋友們不知道我們要走，有一天我們在胖朋友家裏舉起酒盃的時候，嘴裏吃着燒鷄的時候，郎華要說，我不叫他說，可是倒底說了。

『走了好！我看你早就該走！』以前胖朋友常這樣說：『郎華你走吧！我給你們對付點路費。我天天在××科裏邊聽着問案子，皮鞭子打得那個響喲！走吧！我想要是我的朋友也弄去……那聲音可怎麽聽？我一看到那行人，我就想到你……』

老秦來了，他是穿一件嶄新的外套，看起來帽子也是新的，不過沒有問他，他自己先說：

『你們看我穿新外套了吧？非去上海不可，忙着做了兩件衣裳，好去進當舖，賣破爛新的也値幾個錢……』

聽了這話我們很高興，想不說也不可能：『我們也走，非走不可，在這個地方等着活剝皮嗎？』郎華說完了郎華就笑了：『你什麼時候走？』

『那麼你們呢？』

『我們沒有一定。』

『走就五六月走，海上浪小……』

『那麼我們一同走吧！』

老秦並不認爲我們是眞話，大家隨便說了不少關於走的事情，怎樣走法呢？怕路上檢査，怕路上盤問，到上海什麼朋友也沒有，又沒有錢。說得高興起來，逼眞了！端着幻想了！老秦是到過上海的，他說四馬路怎樣怎樣！他說上海的窮是怎樣的窮法……

他走了以後，雪還沒有停，我把火爐又放進一塊木柈去，又到燒晚飯的時間了！我想一想去年，想一想今年，看一看自己的手骨節漲大了一點，個子還是這麼高，還是這麼瘦。……

這房子我看得太熟了，至於墻上或是棚頂有幾個多餘的釘子我都知道，郎華呢？沒有瘦，胖，他是照舊，從我認識他那時候起，他就是那樣，顴骨很高，眼睛小，嘴大，鼻子是一條柱。

「我們吃什麼飯呢？吃麵或是飯？」

居然我們有米有麵了，這和去年不同，忽然那些回想牽住了我——借到兩角錢或一角錢……空手他跑回來……抱着新棉袍去進當舖。

我想到我凍傷的腳，下意識的看了一下腳，於是又想到柈子，那樣多的柈子，燒吧！我就又去搬了木柈進來。

『關上門啊！冷啊！』郎華嚷着。

他仍把兩手插在褲袋在地上打轉；一說到關於走他就不住的打轉，轉起半點鐘來也是常常的事。

秋天我們已經裝起電燈了。我在燈下抄自己的稿子，郎華又跑出去，他是跑出去玩，這可和去年不同，今年他不到外面當家庭教師了。

門前的黑影

從昨夜，對於震響的鐵門更怕起來，鐵門扇一響就跑到過道去看，看過四五次都不是，但願牠不是，清早了，某個學校的學生，他是郎華的朋友，他戴着學生帽，進屋也沒有脫，他連坐下也不坐下就說：

『風聲很不好，關於你們，我們的同學弄去了一個。』

『什麼時候？』

『昨天。學校已經放寒假了，他要回家還沒有定。今天一早又來日本憲兵把全宿舍檢查一遍，每個床鋪都翻過，翻出一本戰爭與和平來……』

『戰爭與和平又怎麼樣？』

『你要小心一點，聽說有人要給你放黑箭。』

『我又不反滿，不抗日，怕什麼？』

『別說這一套話，無緣無故就要拿人，你看，把戰爭與和平那本書就帶了去，說是調查調查，也不知道調查什麼？』

說完他就走了，問他想放黑箭的是什麼人？他不說。過了一會又來一個人，同樣是慌張，也許近些日子看人都是慌張的。

『你們應該躲躲，不好吧！外面都傳說劇團不是個好劇團，那個團員出來了沒有？』

我們送走了他就到公園走走。冰池上小孩們在上面滑着冰，日本孩子，俄國孩子……中國孩子……

我們繞着冰池走了一周，心上載着不愉快……所以彼此不講話，走得很沉悶。

『晚飯吃麵吧！』他看到路北那個切麵舖才說，我進去買了麵條。

回到家裏書也不能看，俄語也不能讀，開始慢慢預備晚飯吧！雖然在預備吃的東西也不高興，好像不高興吃什麼東西。

木格上的鹽罐裝着滿滿的白鹽，鹽罐旁邊擺着一包大海米，醬油瓶，醋瓶，香油瓶，還有一罐炸好的肉醬。牆角有米袋，麵袋，柈子房滿堆着木料。……這一些並不感到滿足，用肉醬拌麵吃倒不如去年米飯拌着鹽吃舒服。

「商市街」口我看到一個人影，那不是尋常的人影，那像日本憲兵，我繼續前走，怕是郎華知道要害怕。

走了十步八步可是不能再走了！那穿高筒皮靴的人在鐵門外盤旋，我停止下，想要細看一看。郎華和我同樣，他也早就注意上這人。我們想逃，他是在門口等我們吧！不用猜疑，路南就停着小「電驢子」，並且那日本人又走到路南來，他的姿式表示着他的耳朵也在傾聽。

不要家了，我們想逃，但是逃向那裏呢？

那日本人連刀也沒有佩，也沒有別的武裝，我們有點不相信他就會拿人，我們走進路南的洋酒麵包店去買了一塊麵包，我並不要買腸子，掌櫃的就給切了腸子，因爲我是聚精會神的在注意玻璃窗外的事情，那日本沒有佩刀的人轉着彎子慢慢走掉了。

這眞是一場大笑話，我們就在舖子裏消費了三角五分錢……從玻璃門出來帶着三角五分錢的麵包和腸子，假若是更多的錢在那當兒就丟在馬路上也不覺得可惜……

『要這東西做什麼呢？明天襪子又不能買了。』事件已經過去，我懊悔說：

『我也不知道，誰叫你進去買的？你想怨誰？』

郎華在前面唿唿的開着門，屋中的熱氣撲到臉上來。

決意

非走不可，環境雖然和緩下來，不走是不行，幾月走呢？五月吧！

從現在起還有五個月，在燈下計算了又計算，某個朋友要拿他多少錢，某個朋友該向他拿路費的一半。……

在心上一想到走，好像一件興奮的事，也好像一件傷心的事，於是我的手一邊在倒茶一邊發抖。

『流浪去吧！哈爾濱也並不是家，那麼流浪去吧！』郎華端一端茶盃，沒有喝又放下。

眼淚已經充滿着我了。

『傷感什麼，走去吧！有我在身邊，走到那裏你也不要怕，傷感什麼，老悄，不要傷感。」

我垂下頭說：『這些鍋碗怎辦呢？』

『眞是小孩子，鍋碗又算得什麼？』

我從心笑了，我覺到自己好笑。在地上繞了個圈子，可是心中總有些悲哀，於是又垂下了頭。

劇團的徐同志不是出來了嗎？不是被灌了涼水嗎？我想到這裏，想到一個人被弄了去，灌涼水，打象皮鞭子，那已經不成個人了。走吧，非走不可。

一個南方的姑娘

郎華告訴我一件新的事情，他去學開汽車回來第一句話說：

『新認識一個朋友，她從上海來，是中學生。過兩天還要到家裏來。』

第三天外面打着門了！我先看到的是她頭上扎着漂亮的紅帶，她說她來訪我，老王在前面引着她。大家談起來，差不多我沒有說話，我聽着別人說。

『我到此地四十天了！我的北方話還說不好，大概聽得懂吧！老王是我到此地才認識的。那天巧得很，我看報上爲着戲劇在開着筆戰，署名郎華的我同情他……我同朋友們說：這位郎華先生是誰？論文作得很好。因爲老王的介紹上次見到郎華……』

我點着頭，遇到生人我一向是不會說什麼話。她又去拿桌上的報紙，她尋找筆戰繼續的論文。我慢慢的看着她，大概她也慢慢的看着我吧！她很漂亮，很素淨，臉上不塗粉，頭髮沒有捲起來，只是扎了一條紅綢帶，這更顯得特別風味，又美又淨，葡萄灰色的袍子上面有黃色的花，只是這件袍子我看不很美，但也無損於美；到晚上，這美人似的人就在我們家裏吃晚飯，在吃飯以前汪林也來了！汪林是來約郎華去滑冰，她從小孔窗看了一下：

『郎華不在家嗎？』她接着「唔」了一聲。

『你怎麼到這裏來？』汪林進來了。

『我怎麼就不許到這裏來！』

我看得她們這樣很熟的樣子更奇怪。我說：

『你們怎麼也認識呢？』

『我們在舞場裏認識的。』汪林走了以後她告訴我。

從這句話當然也知道程女士也是常常進舞場的人了！汪林是漂亮的小姐，當然程女士也是，所以我就不再留意程女士了。

環境和我不同的人來和我做朋友，我感不到興味。

郎華肩着冰鞋回來，汪林大概在院中也看到了他，所以也跟進來，這屋子就熱鬧了！汪林的胡琴口琴都跑去拿過來。郎華唱：『楊延輝坐宮院。』

『哈呀呀怎麼唱這個？這是「奴心未死！」』汪林嘲笑他。

在報紙上就是因爲舊劇才開筆戰，郎華自己明明寫着唱舊戲是奴心未死。

並且汪林聳起肩來笑得脊背靠住暖牆，她很紅的臉，很紅的嘴，捲髮，絲絨衣，她和程女士是絕端兩樣，她帶着西洋少婦的風情。程女士很黑，是個黑姑娘。

又過幾天，郎華爲我借一雙滑冰鞋來，我也到冰場上去。程女士常到我們這裏來，她是來借冰鞋。有時我們就一起去，同時新人當然一天比一天熟起來，她漸漸對郎華比對我更熟，她給郎華寫信了，雖然，常見但是要寫信的。

又過些日子程女士要在我們這裏吃麵條，我到廚房去調麵條。

『……嗆……嗆……』等我走進屋他們又在談別的了！程女士只吃一小碗麵就說：『飽了。』

我看她近些日子更黑一點，好像她的「愁」更多了！她不僅僅是「愁，」因爲愁並不興奮，可是程女士有點興奮。

我忙着收拾傢俱，她走時我沒有送她，郎華送她出門。

我聽得清清楚楚的是在門口：『有信嗎？』

或者不是這麼說，總之跟着一聲嗆嗆之後，郎華很響的：『沒有。』

又過了些日子，程女士就不常來了，大概是她怕見我。

程女士要回南方，她到我們這裏來辭行，有我做障礙，她沒有把要訴說出來的「愁」盡量訴說給郎華。她終於帶着「愁」回南方去了。

生人

來了一個希奇的客人，我照樣在廚房裏煎着餅，因爲正是預備晚飯時候。餅煎得糊爛了半塊，有的竟燒着起來冒着烟，一邊煎着餅一邊跑到屋裏去聽他們的談話，我忘記我是在預備飯，所以在晚飯桌上那些餅很不好吃，我去買麵包來吃。

他們的談話還沒有談完，於是傢俱我也不能去洗，就呆站在門邊不動。

『…………』

……………………

…………………』

這全是些很沉痛的談話！有時也挾着笑聲，那個人是從磐石人民革命軍裏來的……

我只記住他是很紅的臉。

又是春天

太陽帶來了暖意，松花江靠岸的江冰攤下去，溶成水了，江上用人支走的爬犂漸少起來。汽車更沒有一只在江上行走了。松花江失去了它冬天的威嚴，江上的雪已經不是閃眼的白色，變成灰的了，又過幾天江冰順着水慢慢流動起來，那是很好看的，有意流動，也像無意流動，大塊冰和小塊冰輕輕的互相擊撞發着響，啷啷着，這種響聲像是瓷器相碰的響聲似的，也像玻璃相碰的響聲似的。立在江邊我起了許多幻想：這些冰塊流到那裏去？流到海去吧！也怕是到不了海，陽光在半路上就會全數把牠們消滅盡……

然而它們是走的，幽遊一般也像有生命似的，看起來比人更快活。

那天在江邊遇到一些朋友，於是大家同意去走江橋，我和郎華走得最快，松花江在脚下東流，鐵軌在江空發嘯，滿江面的冰塊，滿天空的白雲，走到盡頭，那裏並不是郊野，看不見綠絨絨的草地，看不見綠樹，「塞外」的春來得這樣遲啊！我們想吃酒，於是沿着土堤走下去，然而尋不到酒館，江北完全是破落人家，用泥土蓋成的房子，用柴草織成的短牆。

『怎麼聽不到雞鳴？』

『要聽雞鳴做什麼？』人們坐在土堤上指着面，走得熱了。

後來我們去看一個戰艦，那是一九二九年和蘇俄作戰時被打沉在江底的，名字是「利捷」。每個人用自己所有的思想來研究這戰艦，但那完全是瞎說，有的說汽鍋被打碎了才沉江的，有的說把架船人打死才沉江的。一個洞又一個洞，這樣的軍艦使人感到殘忍，正相同在街上遇見了在戰場上丟了腿的人一樣。他殘廢了，別人稱他是個廢人。

這個破戰艦停在船塢裏完全發霉了。

患病

我在準備早飯，同時打開了窗子，春朝特有的氣息充滿了屋子。在大爐台上擺着已經去了皮的地豆。小洋刀在手中仍是不斷的轉着……淺黃色帶着綿性似的，地豆個個在大爐台上擺好，稀飯在旁邊冒着泡，我一面切着地豆，一面想着：江上連一塊冰也融盡了吧！公園的楡樹怕是發了芽吧！已經三天不到公園去，吃過飯非去看看不可。

『郎華呀！你在外邊盡作什麽？也來幫我提一桶水去……』

『我不管，你自己去提吧。』他在院子來回走，他又是在想什麽文章。於是我跑着，爲着高興。把水桶翻得很響，斜着身子從汪家廚房出來，差不多是橫走，水桶在腿邊左搖蕩一下，右搖蕩一下……

菜燒好，飯也燒好，吃過飯就要去江邊，去公園。春天就要在頭上飛，在心上過，然而我不能吃早飯了，肚子偶然疼起來。

我喊郎華進來。他很驚訝！但越痛越不可耐了。

他去請醫生，請來一個治喉病的醫生，

『你是患着盲腸炎吧？』醫生問我。

我痛得那個樣子還曉得什麼盲腸炎不盲腸炎的？眼睛發黑了，喉醫生在我的臂上打了止痛藥針。

『張先生，車費先請自備吧！過幾天和藥費一起送去。』郎華對醫生說。

一角錢也沒有了，我又不能說再請醫生，白打了止痛藥針，一點痛也不能止。

郎華又跑出去，我不知他跑出去作什麼，我說不出懷着怎的心情在等他回來。

一個星期過去。我還不能從床上坐起來到第九天郎華從外面舉着鮮花回來，插在瓶子裏。擺在桌上。

『花開了？』

『不但花開，樹還綠了呢！』

我聽說樹綠了！我對於「春」不知懷着多少意義，我想立刻起來去看看，但是什麼也不能作，腿輭得好像沒有腿了，我還站不住。

頭痛減輕一些，夜裏睡得很熟。有朋友告訴郎華：在什麼地方有一個市立的公共醫院，爲貧民而設，不收藥費。

當然我掙扎着也要去的，那天是晴天，換好乾淨衣服，一步一步走出大門，坐上了人力車，郎華在車旁走，起先他是撫着車走，後來他就走在行人道上去了。街樹不是發着芽的時候，已長好綠葉了！

進了診療所，到掛號處掛名，很長的堂屋，排着長椅子，那裏已經開始診斷，穿白衣裳的俄國女人，跑來跑去喚着名字，六七個人一起闖進病室去，過一刻就放出來，第二批人再被呼進來。到這裏來的病人，都是窮人，愁眉苦臉的一個，愁眉苦臉的一個，撑着木棍的跛子，脚上生瘡搏着白布的腫脚人，肺癆病的女人，白布包住眼睛的盲人，包住眼睛的盲小孩，頭上生瘡的小孩。對面坐着老外國女人，閉着眼睛，把頭靠住椅子，好似睡着，然而她的嘴不住的收縮，她的包頭巾在下巴上慢慢的牽動……
……

小孩治療室有孩子大大的哭叫，內科治療室門口外國女人又闖出來，又叫着外國名字，一會又有中國人從外科治療室闖出來，又喊着中國名字……拐脚子和腫臉人都一起走進去……

因爲我來得最晚，大概最後才能夠叫到我，我等得背痛，頭痛。

『我們回去吧！明天再來』坐在人力車上，我已無心再看街樹，這樣去投醫，病象不但沒有減輕，好像更加重了些。

不能不去，因爲不要錢，第二次去，也被喚着名字走進婦科治療室，雖等了兩點鐘，倒底進了婦科治療室，既然進了治療室，那該說怎樣治療法。

把我引到一個屏風後面，那裏擺着一張很寬很高很短的台子，台子的兩邊遠立了兩隻叉形的東西，叫我爬上這台子去，當時我可有些害怕了，爬上去做什麼呢？莫非是要用刀割嗎？

我堅決的不爬上去，於是那肥的外國女人先上去了，沒有什麼，並不動刀，換着次序我也被治療了一回，經過這樣的治療並不用吃藥，只在肚子上按了按，或是一面按着，一面問兩句，我的俄文又不好，所以醫生問的，我並不全懂，馬馬糊糊的就走出治療室。醫生告訴我，明天再來一次，好把藥給我。

以後我就沒有再去，因爲那天我出了診療所的時候，我「問過一個重病人的．他哼着，他的家屬哭着，我以爲病人是病到不可治的程度『他們不給藥吃，說藥貴，讓自己去買，那裏有錢買？』是這樣說向我的。

去了兩天治療所，等了幾個鐘頭。怕是再去兩天，再去等幾個鐘頭，病人就會自然而然的好起來！可惜我沒有那樣的忍耐性。

十三天

『用不到一個月我們就要走的。你想想吧，去吧！不要鬧孩子脾氣，三兩天我就去看你一次……』郎華說：

爲着病，我要到朋友家去休養幾天，我本不願去，那是郎華的意思，非去不可，又因爲病象又要重似的，全身失去了力量，骨關酸痛。於是冒着雨跟着朋友就到朋友家去。

汽車在斜紋的雨中前行。大雨和冒着烟一般。我想開汽車的人怎能認淸路呢？但車行更快起來，在這樣大的雨中，人好像坐在房間裏，這是多麼有趣！汽車走出市街接近鄉村的時候立刻有一種感覺，好像赴戰場似的英勇。我是有病，我並沒喊一聲「美景。」汽車顚動着，我按緊着肚子，病會使一切厭煩。

當夜還不到九點鐘我就睡了，原來沒有睡，來到鄉村，那一種落寞的心情浸透了我。又是雨夜，窗子上疏灑的打着雨點好像是做夢把我驚醒，全身沁着汗，這一刻又冷起來，從骨鬮發出一種冷的滋味，發着瘧急似的，一刻熱了，又寒了！

要解體的樣子，我哭出來吧！沒有媽媽哭向誰去？

第二天夜又是這樣過的，第三夜又是這樣過的，沒有哭，不能哭，和一個害着病的貓兒一般，自己的痛苦自己担當着吧！整整是一個星期都是用被子蓋着坐在炕上，或是躺在炕上。

窗外的梨樹開花了，看着樹上白白的花兒，

到端陽節還有二十天，節前就要走的。

眼望着窗外梨樹上的白花落了！有小果子長起來，病也漸好，拿椅子到樹下去看看小果子。

第八天郎華才來看我，好像父親來了似的，好像母親來了似的，我發羞一般的，沒有和他打招呼，只是讓他坐在我的近邊。

我明明知道生病是平常的事，誰能不生病呢？可是總要酸心，眼淚雖然沒有落下來，我却耐過一個長時間酸心的滋味，好像誰虐待了我一般。那樣風雨的夜，那樣忽寒忽熱獨自幻想着的夜。

第二次郎華又來看我，我決定要跟他回家。

『你不能回家，回家你就要勞動，你的病非休息不可，還沒有兩個星期我們就得走，剛好起來再累病了，我可沒有辦法。』

『回去我回去……』

『好，你回家吧！沒有一點理智的人，不能克服自己的人還有什麼辦法！你回家好啦！病犯了可不要再問我！』

我又被留下，窗外梨樹上的果子漸漸大起來。我又不住的亂想：窮人是沒有家的，生了病被趕到朋友家去。

已經十三天了！

拍賣傢俱

似乎帶着傷心我們到廚房驗查一下，水壺，水桶，小鍋這一些都要賣掉，但是並不是第一次驗查從想走那天起，我就跑到廚房來計算，三角二角，不知道這樣計算多少回，總之一提起「走」字來便去計算，現在可眞的要出賣了。

舊貨商人就等在門外。

他估着價：水壺，麪板，水桶，藍瓷鍋，三隻飯盌，醬油瓶子，豆油瓶子。一共值五角錢。

我們沒有答話，意思是不想賣了。

『五毛錢不少，你看這鍋漏啦！水桶是舊水桶，買這東西也不過幾毛錢，麪板這塊板子，我買它沒有用，飯盌也不值錢……』他一隻手向上搖着，另一隻手翻着擺在地上的東西，他很看不起這東西：『這還値錢？這還値錢？』

『不值錢，我也不賣你走吧！』

『這鍋漏啦漏鍋……！』他的手來復的推動鍋底，咊響一聲，再咊響一聲。

我怕他把鍋底給弄掉下來；我很不願意：『不賣了你走吧！』

『你看，這是廢貨，我買它賣不出錢來。』

我說：『天天燒飯，那裏漏呢？』

『不漏，眼看就要漏，你摸摸這鍋底有多麼薄？』最後他又在小鍋底上很留戀的敲了兩下。

小鍋第二天早晨又用它燒一次飯吃；這是最後的一次，我傷心，明天牠就要離開我們到別人家去了！永遠不會再遇見，我們的小鍋，沒有錢買米的時候，我們用牠盛着開水來喝，有米太少的時候，就用它煮稀飯給我們吃，現在它要去了！

共患難的小鍋呀！與我們別開傷心不傷心？

舊棉被舊鞋和襪子，賣空了！空了……

還有一隻劍，我也想起拍賣它；郎華說：

『送給我的學生吧！因爲劍上刻着我的名字，賣是不方便的。』

前天他的學生聽說老師要走，哭了。

正是練武術的時候，那孩子手擧着大刀，流着眼淚。

最後的一星期

剛下過雨，我們踏着水淋的街道，在中央大街上徘徊，到江邊去呢？還是到那裏去呢？天空的雲還沒有散，街頭的行人還是那樣稀疏，任意走但是再不能走了。

『郎華，我們應該規定個日子，那天走呢？』

『現在三號，十三號吧！還有十天，怎麼樣？』

我突然站住，受驚一般地，哈爾濱要與我們別離了！還有十天，十天以後的日子我們要過在車上，海上，看不見松花江了，只要「滿洲國」存在一天，我們是不能來到這塊土地。

李和陳成也來了，好像我們走，是應該走。

『還有七天，走了好啊！』陳成說。

為着我們走，老張請我們吃飯，吃過飯以後，又去逛公園，在公園又吃冰淇淋，無論怎樣總感到另一種滋味，公園的大樹，公園夏日的風，沙土，花草，水池，假山，山頂的涼亭……這一切和往日兩樣，我沒有像往日那樣到公園裏亂跑，我是安靜靜的走着，脚下的沙土慢慢的在響。

夜晚屋中又剩了我一個人，郎華的學生跑到窗前，他偷偷視查着，找他在窗前走來走去，假裝着閒走來觀察我，來觀察這屋中的事情，觀察不足，於是問了：

『我老師上那裏去了？』

『找他做什麼？』

『找我老師上課。』

其實那孩子平日就不願意上課，他覺得老師這屋有個景況：怎麼這些日子竟把東西來，舊棉花，破皮褥子……

要搬家吧！那孩子不能確定是怎麼回事。他跑回去又把小菊也找出來，那女孩和他一般大，當然也覺得其中有個景况，我把燈閉下了，要收拾的東西，暫時也不收拾了！

躺在床上，摸摸牆壁，又摸摸床邊，現在這還是我所接觸的，再過七天，這一些都別開了。

小鍋，小水壺終歸被舊貨商人所提走，在商人手裏發着響，閃着光走出門去！那是前年冬天郎華從破爛市買回來的。現在又將回到破爛市去。

賣掉小水壺。我的心情更不能壓制住。不是用的自己的腿似的，到木柈房去看看許多木柈還沒有燒盡，是賣呢？是送朋友們？後還有個電爐，還有雙破鞋。

大爐台上失掉了鍋，失掉了壺，不像個廚房樣。

一個星期已經過去四天，心情隨着時間更煩亂起來，也不能在家燒飯吃，到外面去吃，到朋友家去吃。

看到別人家的小鍋，就想起賣掉的小鍋，吃飯也不能安定。後來睡覺也不能安定。

『明早六點就起來拉床，要早點起來。』

郎華說這話，覺得走是逼近了！必定得走了。好像郎華如不說，就不走了似的。

夜裏想睡也睡不安。太陽還沒出來，鐵大門就響起來，我怕着，這聲音要奪去我的心似的，昏茫的坐起來，郎華就跳下床去，兩個人從床上往下拉着被子，褥子。枕頭摔在脚上，忙忙亂亂，有人打着門，院子裏的狗亂咬着。

馬頸的鈴鐺就響在窗外，這樣的早晨已經過去，我們遭了惡禍一般，屋子空空的了。

我把行李鋪了鋪就睡在地板上。爲了多日的病和不安，身體弱得快要支持不住的樣子，郎華跑到江邊去洗他的襯衫，他回來看到我還沒起來，他就生氣：

『不管什麼時候，總是懶，起來收拾收拾，該隨手拿走的東西，就先把它拿走。』

『有什麼收拾的，都已收拾好，我再睡一會，天還早，昨夜我失眠了。』我的腿痛，腰痛，又要犯病的樣子。

『要睡，收拾乾淨再睡起來！』

鋪在地板的小行李也捲起來了，牆壁從四面直垂下來，棚頂一塊塊發着微黑的地方是長時間點蠟燭被燭烟所燻黑的。說話的聲音有些轟響。空了！在屋子裏邊走起來很曠蕩……

還吃了最後的一次早餐——麵包和腸子。

我手提個包袱。郎華說：

『走吧！』他推開了門。

這正像乍搬到這房子郎華說：『進去吧』一樣，門開着我出來了，我腿發抖，心往下沉墜，忍不住這從沒有落下來的眼淚，是哭的時候了！應該流一流眼淚。

我沒有回轉一次頭走出大門，別了家屋！街車，行人，小店鋪，行人道旁的楊樹轉角了！

別了「商市街」!

小包袱在手上掛着。我們順了中央大街南去。

一九三五，五，十五日。上海。

讀後記

郎華

因爲這書裏有我，於是就覺得自己也應該有權利寫兩句話似的？讀者如認爲多餘，那麼我覺得這部書的印出根本就是多餘。

怎樣說呢？這僅僅是一點不折不扣的生活紀錄。但是我愛牠，正因爲牠不折不扣，有我們自己一些什麼在裏面……所以我們愛牠。也許讀者從這裏面會尋出點別的，這又是我們願望以外的事了。

『愛自己比別人總要親切些；愛自己每個生活的脚印，也更甚些！』我是這樣感覺着的。

一九三五，五，十日上午二時十分
在上海一個暗屋子裏

平裝實價三角　精裝實價四角五分

商市街

悄吟作

發行人　吳文林

發行所　文化生活出版社
上海福州路四三六號

印刷所　文化生活印刷所

巴金主編

文學叢刊

第二集　共十六冊

秋花	靳以	長篇
江上	蕭軍	短篇
土餅	沙汀	短篇
谷	蘆焚	短篇
憂鬱的歌	荒煤	短篇
多產集	周文	短篇
崖邊	柏山	短篇
銻砂	蔣牧良	短篇
生底煩擾	歐陽山	短篇
海星	陸蠡	散文
鷹之歌	麗尼	散文
商市街	悄吟	散文
畫夢錄	何其芳	散文
憶	巴金	散文
母親的夢	李健吾	劇本
掘金記	畢奐午	詩集

中華民國二十五年八月初版

文學叢刊

巴金主編

我們編輯這一部文學叢刊，並沒有什麼大的野心。我們既不敢擡起第一流作家的招牌欺騙讀者，也沒有膽量出一套國語文範本。我們的這部小小的叢書雖然也包括文學的各部門，但是作者既非金字招牌的名家，編者也不是文壇上的聞人。不過我們可以給讀者担保的，就是這叢刊裏面沒有一本使讀者讀了一遍就不要再讀的書。而且在定價方面我們也力求低廉，使貧寒的讀者都可購買。我們不談文化，我們也不想賺錢。然而，我們的文學叢刊却也有四大特色：編選謹嚴，內容充實，印刷精良，定價低廉。第一集各書出版未及半年均已重版多次。第二集各書本月份起陸續出版。

第一集（各書均已重版）

路	茅盾	平裝三角	精裝四角半
故事新編	魯迅	平裝三角	精裝四角半
神鬼人	巴金	平裝二角半	精裝四角
八駿圖	沈從文	平裝三角	精裝四角半
團圓	張天翼	平裝三角半	精裝五角
珠落集	靳以	平裝三角半	精裝五角
雀鼠集	魯彥	平裝三角	精裝四角半
南行記	艾蕪	平裝三角	精裝四角半
分	何穀天	平裝三角半	精裝五角
飯餘集	吳組緗	平裝三角	精裝四角半
羊	蕭軍	平裝三角半	精裝五角
短劍集	鄭振鐸	平裝三角	精裝四角半
黃昏之獻	麗尼	平裝三角	精裝四角半
雷雨	曹禺	平裝四角半	精裝六角
以身作則	李健吾	平裝三角	精裝四角半
魚目集	卞之琳	平裝二角	精裝三角半

图书在版编目（CIP）数据

商市街 / 萧红著. -- 天津：百花文艺出版社，
2018.1(2021.4 重印)
(现代文学名著原版珍藏. 第一辑)
ISBN 978-7-5306-7272-3

Ⅰ. ①商… Ⅱ. ①萧… Ⅲ. ①散文集-中国-现代
Ⅳ. ①I266

中国版本图书馆 CIP 数据核字(2017)第 137124 号

商市街

SHANGSHIJIE

萧红 著

选题策划：刘 勇　　**封面设计**：陆 快

责任编辑：赵世鑫 唐冠群

出版发行：百花文艺出版社

地址：天津市和平区西康路 35 号　**邮编**：300051

电话传真：+86-22-23332651（发行部）

+86-22-23332656（总编室）

+86-22-23332478（邮购部）

网址：http://www.baihuawenyi.com

印刷：天津创先河普业印刷有限公司

开本：787×1092 毫米 1/32

字数：30 千字

印张：6.25

版次：2018 年 1 月第 1 版

印次：2021 年 4 月第 2 次印刷

定价：24.00元

如有印装质量问题，请与天津创先河普业印刷有限公司联系调换

地址：天津宝坻经济开发区宝中道北侧 5 号 5 号厂房

电话：(022)22458683 邮编：301800